ALEX MOREL

Survive

Wenn der Schnee mein Herz berührt

Zu diesem Buch:
Jane Solis hat nur ein Ziel im Leben: Sie will sich umbringen. Zwei missglückte Selbstmordversuche hat sie bereits hinter sich, weshalb sie in eine geschlossene Klinik in Idaho eingewiesen wurde. Doch diesmal soll ihr Vorhaben endlich gelingen: Um nicht ein weiteres Mal unfreiwillig gerettet zu werden, will sie kurz vor Weihnachten auf dem Heimflug nach Chicago eine tödliche Dosis Tabletten nehmen. Janes Körper wird in Illinois landen, aber sie wird niemals zu Hause ankommen. Doch das Leben scheint andere Pläne mit ihr zu haben: Das Flugzeug stürzt ab, was ihren Suizid in letzter Sekunde verhindert. Alle Insassen sterben – bis auf Jane und ihren Sitznachbarn Paul. Von einem Moment auf den anderen finden sich die beiden fernab jeder Zivilisation in den Rocky Mountains wieder. Der erbarmungslosen Kälte trotzend, kämpfen sie sich voran, in der Hoffnung, irgendwo Hilfe zu finden. Doch die Sache erscheint aussichtslos: Paul ist schwer verletzt, Durst und Kälte zehren an ihren Kräften und ein Wettlauf mit der Zeit beginnt. Mit dieser Ausnahmesituation konfrontiert, entwickelt Jane ein ungeahntes Durchhaltevermögen und eine Erkenntnis, die sie selbst wie aus heiterem Himmel trifft: Sie will leben! Das erste Mal seit langer Zeit, spürt sie, dass sie stärker am Leben hängt, als sie dachte, und der Grund dafür ist Paul. Seine Liebe lässt Jane erkennen, dass noch so viel Schönes auf sie wartet und dass es jemanden gibt, für den es sich lohnt, niemals aufzugeben …

Über den Autor:
Alex Morel lebt in Montclair, New Jersey. Er ist Vater von zwei Kindern und hat einen Hund namens CC. *Survive – Wenn der Schnee mein Herz* berührt ist sein erster Roman.

Alex Morel bei LYX:

1. Survive – Wenn der Schnee mein Herz berührt

ALEX MOREL

SURVIVE

Wenn der Schnee mein Herz berührt

Aus dem Englischen von
Michaela Link

LYX
EGMONT

Taschenbuchausgabe © Juli 2015 bei LYX
verlegt durch EGMONT Verlagsgesellschaften mbH,
Gertrudenstr. 30–36, 50667 Köln

1. Auflage
Umschlaggestaltung: © Guter Punkt, München | www.guter-punkt.de
Umschlagmotiv: Umschlagmotiv: © Guter Punkt unter
Verwendung von Motiven von thinkstock
Satz: Greiner & Reichel, Köln
Printed in Germany (670421)
ISBN 978-3-8025-9756-5

www.egmont-lyx.de

MIX
Papier
FSC FSC® C083411

Ich denke, Furcht erlebt man nur, wenn man eine Wahl hat. Denn solange man die Wahl hat, kann die Angst von einem Besitz ergreifen. Wovor soll man schließlich Angst haben, wenn es nichts zu entscheiden gibt? Dann tut man einfach, was getan werden muss.

Margaret Hastings, Überlebende eines Flugzeugabsturzes
im Zweiten Weltkrieg
Aus *Lost in Shangri-la* von Mitchell Zuckoff

TEIL 1

Vorbereitungen zum Abflug

1

Es ist zehn vor zehn. Normalerweise wäre ich jetzt damit beschäftigt, mir einen Stuhl für die Gruppensitzung zu sichern. Um solche Sachen dreht sich der Tag für einen in einer Anstalt wie Life House. Und in gewisser Weise ist das auch gut so. Bei den Gruppensitzungen besteht die besondere Herausforderung darin, einen Platz zu finden, der so weit wie möglich von Old Doc entfernt ist, ohne aber zu nah bei Big Stinker zu sitzen, unter Insidern auch bekannt als BS. BS ist Ben, und er ist der einzige Junge in Life House D, das speziell für autoaggressive Ritzer und Selbstmörder vorgesehen ist. Er riecht wie Pisse, die vierzig Minuten bei hundertachtzig Grad gebacken wurde. Man sollte nach Möglichkeit vermeiden, eine Stunde lang neben BS sitzen zu müssen. Ich meine, er ist ja wirklich total nett und so weiter, und wir hatten ein paar gute Gespräche, aber wenn man eine Stunde seine Dämpfe einatmet, kann das zu Hirnschäden führen. Manchmal ist es echt übel mit der Logistik, also komme ich lieber immer zeitig und warte. Ich bin eine Planerin.

Heute jedoch nehme ich nicht an der Gruppensitzung teil. Stattdessen fliege ich zum ersten Mal seit meiner Ankunft in Idaho vor dreihundertfünfundvierzig Tagen zurück nach New Jersey. Nach Hause. Der Taschenuhr zufolge, die mein Vater mir hinterlassen hat, hebt mein Flugzeug in genau sechs Stunden, neun Minuten und dreißig Sekunden ab. Die Uhr ist alt, aber ich vertraue ihr. Er ist tot, aber ich vertraue ihm immer noch mehr als jedem anderen Menschen, den ich kenne, und in jedem Fall vertraue ich seiner Taschenuhr erheblich mehr, als ich Fluggesellschaften und ihren Flugplänen traue, die sie fast niemals einhalten. Aber darüber kann ich mir jetzt nicht den Kopf zerbrechen. Zurück zum Wesentlichen: Heute verlasse ich Life House, das während des vergangenen Jahres mein zweites Zuhause gewesen ist, in genau sechs Stunden und neun Minuten. Ticktack, ticktack.

Ich bin hier in Life House, weil ich vor einem Jahr einen »Zwischenfall« hatte. Die Experten, auch meine Ärzte genannt, haben diesem Zwischenfall das Etikett *Suizidversuch* angeheftet. Ich und Old Doctor (er ist der Chef der Chefs hier und auch einer meiner Ärzte) sind unterschiedlicher Meinung darüber, ob das, was tatsächlich passiert ist, unter dieses Etikett fällt. Ich könnte mich möglicherweise auch einfach nur geschnitten haben oder wollte vielleicht etwas mehr Aufmerksamkeit von meiner Mutter. Diese beiden Theorien haben wir während des letzten Jahres in Betracht gezogen.

»Und bis wir übereingekommen sind, was passiert ist«, hat er viele Male gesagt, »darfst du es nennen, wie du willst.«

In zwei Stunden, um zwölf Uhr mittags, um genau zu sein, werde ich in einen Bus steigen und für immer von hier fortgehen. Im Laufe der letzten sechs Monate habe ich *Fortschrittspunkte* gesammelt – Wortmeldungen in der Gruppensitzung, zwei Punkte; Betreuung anderer Mädchen, drei Punkte; der rege Austausch mit anderen während freiwilliger sozialer Aktivitäten, fünf Punkte. Alles Handlungen in guter Absicht, die der Verfolgung eines einzigen Ziels dienten: Freiheit. Die Punkte haben sich addiert, bis ich mir schließlich diese einwöchige Reise verdient hatte, um Weihnachten mit meiner Familie zu feiern.

Was die Ärzte nicht wissen, ist, dass alles eine Lüge war: Alles, was ich getan habe, jedes »Hallo« zu den Doktoren Crimshaw und Gallus, jeder vermeintliche Akt der Freundlichkeit gegenüber meinen Mitbewohnern Beth, Sam und BS, jede mit der einen oder anderen falschen Träne geheuchelte Enthüllung bei Old Doctor standen im Dienste eines geheimen Plans.

Und jetzt kommt, was ihr wissen müsst: Wenn ich heute Nacht in dieses Flugzeug steige, werde ich niemals zu Hause ankommen. Mein Körper wird in New Jersey landen, aber ich, der körperlose Teil, der in meinem Körper lebt, meine Seele, wenn ihr so wollt, wird das nicht tun. Wenn die Lichter gedimmt werden und alle für ein kurzes Nickerchen die Augen schließen, werde ich den Gurt meines Sitzes lösen, leise nach hinten zur Toilette gehen, eine Handvoll Kryptonit schlucken und einschlafen. Für immer. Und wenn die Maschine landet und alle eilig ihr Gepäck zusammensuchen und nach dem Shuttlebus Ausschau halten, werde ich auf meinem eigenen Flug ins Nirwana sein.

2

Dass ich meine Freunde und Ärzte täusche, ist nicht selbstsüchtig oder hinterhältig, sondern nur pragmatisch und zum Erreichen meines Ziels notwendig. Ich bin eine Planerin, wie ich bereits erwähnte, und wenn ich nicht genau weiß, was vor mir liegt, raste ich komplett aus. Das ist wahrscheinlich auch der Grund, warum ich hier bin. Das Leben lässt sich unmöglich planen, daher raste ich ständig komplett aus. Eben ist noch alles gut, und in der nächsten Minute stirbt jemand oder wird krank oder ist nicht mehr dein Freund. Du kannst dich auf nichts und niemanden verlassen, was das Leben für eine Planerin wie mich schwer macht.

Das ist eigentlich das Beste an heute Nacht: Ich weiß genau, was vor mir liegt. Es zu planen und in seiner Endgültigkeit vorwegzunehmen ist das wirkungsvollste Beruhigungsmittel, das ich je genommen habe.

Wie mein Plan entstanden ist?

Es ist mir vor gut sechs Monaten in den Sinn gekommen. Eines Nachts habe ich geträumt, ich sei in einem Flugzeug und flöge auf die milchig blaue Schicht zu, die die Erdatmosphäre vom Weltraum trennt. Selbst aus dem Flugzeugfenster wirkte sie wie ein kleines Stückchen himmlisches Jenseits. Mein Ich im Traum hat gedacht: *Dort muss Gott sein.* Der Flug dauerte ewig, während wir immer näher auf den Weltraum zuschossen, unsere Atmosphäre dabei aber niemals wirklich verließen. Keine anderen Passagiere befanden sich an Bord des Flugzeugs.

Es gab keine Flugbegleiter in der Kabine, und alle Ablagefächer für Gepäck waren aufgerissen und leer. Wiederholt ertönte die Stimme des Piloten und bat die Flugbegleiter, alles für die Landung vorzubereiten. Das Flugzeug flog höher und höher und begann zu vibrieren – nur ein wenig zunächst, dann immer stärker –, doch ich habe nicht geschrien, und ich hatte keine Angst. In dem Traum habe ich ständig meinen Sicherheitsgurt fester gezurrt, während ich jenen Horizont aus milchig blauem Himmel vor mir betrachtete, der knapp außerhalb meiner Reichweite lag. Ich fühlte mich sicher, wie damals als glückliches kleines Kind, bevor sich alles veränderte, bevor sich mein Vater das Leben nahm. Es war, als würde das Flugzeug einfach für immer so dahingleiten, und dann fiel es plötzlich in einer Abwärtsspirale zurück zur Erde, und ich versuchte zu schreien, aber es kam kein Laut aus meinem Mund. Direkt vor dem Aufprall wurde alles schwarz.

Ich erwachte atemlos und in kalten Schweiß gebadet, allein in meinem Zimmer, immer noch benebelt und benommen von den Beruhigungsmitteln. (Ich hätte vermutlich erwähnen sollen, dass ich am Tag vor meinem Traum einen weiteren »Zwischenfall« hatte und sie mich mit Medikamenten vollgepumpt hatten, damit ich schön friedlich blieb.) Es war, als hätte Gott oder irgendwer oder irgendetwas mir in diesem Traum eine Botschaft übermittelt: keine »Zwischenfälle« mehr. Im tiefsten Inneren wusste ich, dass der erste und der zweite »Zwischenfall« halbherzig gewesen waren; keine ernst zu nehmenden Versuche, meinen Schalter umzulegen. Das ist auch der Grund, warum ich mir von den Ärzten niemals habe das Gegenteil einreden lassen. Selbstmord verlangt echte, ernste Absichten, und meine Absichten waren nie echt. Beim ersten Mal wollte ich, dass meine Mutter mich mit dem Tranchiermesser fand, und ich wollte, dass sie weinte und mein Schicksal beklagte, so wie sie das Schicksal meines Vaters und meiner Großmutter beklagt hatte. Aber ich hatte nie vor, an diesem Tag zu sterben. Beim zweiten Mal, na ja, sagen wir einfach, ein paar vom Personal dürften über meine kläglichen Bemühungen ziemlich geschmunzelt haben. Aber morgen früh werden sie nicht lachen, und sie werden meinen Bemühungen eine gewisse Genialität nicht absprechen können.

Ich stamme aus einer Familie von Depressiven und Selbstmördern, beginnend mit meinem Urgroßvater, auf den erst meine Oma und dann mein Dad folgten. Zu der Zeit, als ich meinen ersten »Zwischenfall« erlitt, wünschte ich mir auch für mich jene Besonderheit, die ihr Leben annahm, nachdem sie sich umgebracht hatten, da nun alle endlos über ihre Kämpfe und ihr dramatisches Ende sprachen. Aber ich wusste damals nicht, ob ich den Mut haben würde, in ihre Fußstapfen zu treten. Meine beiden Probeläufe überzeugten mich, dass ich mutig genug dazu war. Nun brauchte ich nur einen Plan, der nicht zuließ, dass ich gerettet wurde.

Als ich aus meinem Traum erwachte, war mir klar: Ich hatte eine Lösung gefunden. Ich wusste genau, was ich tun musste, um Life House und meiner elenden, qualvollen Existenz zu entkommen.

Es war einfach, so einfach. Ich erinnere mich an das kleine Lächeln, das sich auf mein Gesicht stahl, und ich fühlte, wie sich meine Muskeln auf eine unvertraute Weise anspannten. Es überraschte mich, dieses Glück, es zu wissen, es zu planen. Ich weiß immer noch nicht, warum mir dieser Gedanke nie zuvor gekommen war. Aber ich begann an jenem Morgen an der Umsetzung meines Plans zu arbeiten, und er war so grandios und einfach, wie ein Plan nur sein konnte.

Ich würde gut sein. Ich würde großartig sein. Ich würde besser sein als jeder Patient, der jemals in den Mauern von Life House festgesessen hat. Ich würde lächeln. Ich würde reden. Ich würde Trost spenden. Ich würde mein Inneres offenlegen. Ich würde gehorchen. Und ich würde genug Punkte sammeln, um mir die Heimreise zu verdienen. Es spielte keine Rolle, ob es nur für eine Woche war. Sobald ich an Bord des Flugzeugs saß, würde ich frei sein: von Ärzten, Krankenschwestern, Pflegern, Patienten, meiner Mutter, meinen Erinnerungen, Ängsten und Befürchtungen. Frei, mich in der Passagierkabine zu bewegen. Frei, auf die Toilette zu gehen, die Tür abzuschließen und mich mit Pillen ins Nichts zu katapultieren. Frei zu sterben. Frei, im Nirwana zu leben.

Als ich an jenem Morgen vor sechs Monaten in meinem Bett lag, wusste ich, dass ich einen Plan gefasst hatte, der funktionieren würde.

3

Hi, ich heiße Jane Solis. Ich fliege nach Hause.«
Ich befinde mich in der Schwesternstation von Life House. Ich muss noch ein paar Sachen erledigen, bevor ich in meinen Flieger steigen kann. *Fünf Stunden und siebenunddreißig Minuten.*

Wann immer ich auf die Taschenuhr meines Vaters schaue, schlägt mein Herz Purzelbäume, doch ich kann einfach nicht anders. Mein Körper befindet sich in einem Zustand des fortwährenden Widerspruchs, von lebendiger Erwartung erfüllt, während zugleich alle anderen Gefühle abgestorben sind. Das Verlangen, mein Ding durchzuziehen, treibt mich an, aber im Inneren bin ich kalt und tot wie ein langsam atmender Fisch und hoffe, dass mir endlich jemand den Kopf abhackt. *Bleib munter und positiv, Jane. Munter und positiv, den ganzen Tag.* Das sage ich mir immer und immer wieder.

Zuerst muss ich meine Ausweiskarte abholen, die es mir erlaubt, das Gelände zu verlassen. Daher mein Zwischenstopp bei der Schwesternstation. Als Nächstes muss ich eine letzte Sitzung mit Old Doctor hinter mich bringen, der nie auch nur einen einzigen verdammten Termin verpasst. Seine unbeirrbare Pünktlichkeit und Verlässlichkeit nervt mich, obwohl ich glaube, dass genau diese Eigenschaften die Ursache dafür sind, warum er mich so gut versteht. Ich wette, er zählt die Minuten genauso wie ich. (Er trägt zwei Armbanduhren, was soll das?) Wie gewöhnlich graut es mir vor unserem Gespräch. Was ist, wenn er mich durchschaut? Was, wenn er all die Monate nur darauf gewartet hat, mich zu entlarven? *Hör auf, dir solche Gedanken zu machen, Jane. Munter und positiv.*

»Was für ein hübscher Name«, sagt die Krankenschwester, eine etwas verbraucht wirkende Frau in weißer Tracht. Sie ist neu oder eine Vertretung für die Feiertage. Auf ihrem Namensschild steht *Nancy C.* Das ist hier so üblich. Es bringt mich auf den Gedanken, dass die Angestellten wohl nicht wollen, dass irgendeiner von uns ihren vollen Namen kennt. Ich mache ihnen keinen Vorwurf deswegen. Wer weiß, was einige von uns tun könnten, wenn sie hier irgendwann rauskommen.

Nancy C. ist übergewichtig, und am Scheitel ihres blonden Haares ist ein Fingerbreit der graue Haaransatz sichtbar, aber sie hat warme grüne Augen und gibt sich alle Mühe, eine Verbindung zu mir herzustellen.

»Jane Solis«, versucht sie es noch einmal, »ein Name wie geschaffen für eine Leuchtreklame.«

Sie dreht sich in ihrem Stuhl herum und tippt meinen Namen in den Computer. Ich schaue über sie hinweg auf den gerahmten Druck von Cézannes *Äpfel und Orangen* und sehe dort im Glas mein Spiegelbild wie einen Geist schweben. Mein braunes Haar hängt mir zottig über die Schultern. Bei meiner Ankunft war es kurz geschoren. Jetzt ist es ein ungekämmtes Chaos aus Wellen und Locken. Unter dieser schimmernden Kulisse sind meine schiefergrauen Augen kaum sichtbar, trotzdem quälen sie mich. Ich habe längst aufgehört, in Spiegel zu gucken, daher kommt mir mein Spiegelbild jetzt viel älter vor, als ich es in Erinnerung habe. Eine wirklich merkwürdige Vorstellung. Ich bin bleich und ausgemergelt um die Wangen herum, als kröche der Tod aus meinem Inneren nach außen. Es erschreckt mich, und ich stoße einen kurzen schrillen Laut aus.

Nancy wirbelt auf ihrem Stuhl zu den Aktenschränken herum und zieht einen Ausweis heraus. Sie wirft mir einen langen Blick zu. Ich schaue zu Boden, verärgert darüber, wie schlecht ich mich in diesen letzten Stunden trotz allem im Griff habe. *Reiß dich zusammen, Jane.*

Der Drucker spuckt eine Karte mit meinem Namen und tausend verschiedenen Zahlen und Symbolen aus, und Nancy unterschreibt auf der Rückseite und schiebt die Karte dann in eine laminierte Hülle, an der eine Schnur befestigt ist. Sie reicht die Karte herüber und schärft mir ein, sie nicht zu verlieren.

»Danke.«

»Haben Sie das Gelände zuvor schon einmal verlassen? Brauchen Sie eine Beschreibung, wie Sie zum Flughafenbus kommen? Brauchen Sie irgendeine spezielle Hilfe, Jane?«

»Ja, das heißt, nein, ich brauche keine Hilfe.«

»Sie kennen die Regeln, nicht wahr? Bis Sie den Flughafen von Newark erreichen und in der Obhut Ihrer Mutter sind, stehen Sie immer noch unter unserer Aufsicht. Mit Ihrem Ausweis können Sie den Klinikbus in die Stadt und wieder zurück benutzen. Von der Stadt aus nehmen Sie an der Ecke Grove Street und Main Street den Shuttlebus zum Flughafen. Sie brauchen kein anderes Transportmittel, und Ihr Betreuer wird Sie bis zum Flughafenbus bringen. Für den Fall, dass Sie voneinander getrennt werden, Sie aus irgendeinem Grund den Bus verpassen oder auch einfach nur nervös werden, steht auf der Rückseite der Karte eine Nummer. Zögern Sie nicht, von ihr Gebrauch zu machen.«

All das hat man mir bereits mindestens dreimal erklärt, aber ich nicke freundlich.

»Während Sie in der Stadt sind, müssen Sie sich natürlich an die Regeln Ihres Abstinenzversprechens halten und Ihren Betreuer hinsichtlich Ihrer Pläne in Kenntnis setzen.«

Ich nicke wieder. »Ja, Ma'am.«

Sie mustert mich für eine Sekunde von Kopf bis Fuß. Sie prüft meinen Geisteszustand, als sei ich drauf und dran auszuflippen oder so was. Doch die Wahrheit über mich wird sie niemals erkennen können. Ich lass mir nichts anmerken. Cool und undurchdringlich wie pures Eis. Planer sind so. Wenn wir Zeit haben – und ich hatte über sechs Monate –, können wir so ziemlich jeden täuschen. Sicher, ich habe auch meine Ticks, unbedeutende persönliche Angewohnheiten, wie sie die Ärzte gern fein säuberlich mit allen möglichen Begriffen und den entsprechenden Buchstabenkürzeln versehen. Mein Gott, ich denke, alle hier haben solche Macken. Aber das ist nur eine Folge meiner Angst, die mit mir durchgeht. Wie mein ständiges Auf-die-Uhr-Schauen und meine Besessenheit von der Zeit und das alles. Würde ich diesen Ticks freien Lauf lassen, könnten sie mir einen Strich durch die Rechnung machen. Doch mein Plan hält alles unter Kontrolle.

»Werde ich noch Zeit haben, ein Geschenk für meine Mutter zu kaufen, bevor ich in diesen Bus zum Flughafen steige?«

Wenn es darum geht, eine Krankenschwester oder einen Pfleger zu täuschen, ist ein wenig Geplauder stets so etwas wie die Schleife auf der Geschenkverpackung. Sie lassen sich durch die kleinen Einzelheiten der Unterhaltung förmlich einwickeln und werden blind für das, was wirklich vor ihnen steht. In diesem Fall eine Patientin, die plant, ihren Schalter umzulegen.

Die Krankenschwester mustert ein Blatt Papier auf ihrem Schreibtisch. »Ja, es sieht so aus, als sollten Sie etwa eine halbe Stunde Zeit haben, aber besprechen Sie das unbedingt mit Ihrem Betreuer und tragen Sie Ihren Ausweis bei sich, wo immer Sie hingehen.« Sie greift in eine Schublade. »Und hier haben Sie ein Handy.«

Ich weiß schon Bescheid, aber sie erklärt es mir trotzdem.

»Es ruft nur diese Nummer an, und Sie sollen es benutzen, wenn irgendetwas schiefgeht oder Sie Hilfe brauchen. Sehen Sie, Sie brauchen nur diesen Knopf zu drücken. Wir werden immer für Sie da sein. Viel Spaß, Jane«, wünscht sie mir mit einem breiten Lächeln. »Fröhliches Weihnachtsshoppen.«

»Ihnen auch«, antworte ich dümmlich, und sie lächelt, ein wenig zu hart für meinen Geschmack. Ob sie Verdacht geschöpft hat? Habe ich mich irgendwie verraten?

4

Ich gehe in mein Zimmer zurück und halte den Kopf gesenkt, als ich an der morgendlichen Gruppenrunde von Old Doctor vorbeikomme. Es ist zehn Uhr fünfzig, und mir bleiben nur zehn Minuten, bevor ich meine letzte Sitzung mit ihm habe.

Je mehr ich mich meinem Zimmer nähere, desto stärker verkrampfen sich meine Lungen. Ich stoße den Atem aus. Es fühlt sich an, als sei all mein Blut in meine Zehen geschossen, und plötzlich ist mir ein wenig schwindlig, sodass ich mich für eine Sekunde mit der Hand an der Wand abstützen muss. Wenn ich hyperventiliere – und es wäre nicht das erste Mal –, werden sie mich niemals in dieses Flugzeug lassen. *Ganz ruhig, Jane.*

Ich drehe mich um, werfe einen Blick zurück zur Gruppensitzung, die sich gerade auflöst, und beobachte Old Doctor, der seine ganze Aufmerksamkeit einem Gespräch mit BS widmet. Ich schließe die Augen, hole tief Luft und konzentriere mich ganz darauf. Dann noch einmal: einatmen durch die Nase, ausatmen durch den Mund. Und ich spüre, wie mein Körper sich beruhigt und der Schwindel sich legt.

Ich nehme die Hand von der Wand, schlüpfe in mein Zimmer und stopfe alles Notwendige in meine Reisetasche. Natürlich brauche ich kein Gepäck, aber ich will nicht, dass mir eine neugierige Krankenschwester auf die Schliche kommt: »Wenn sie für eine Woche nach Hause fährt, warum lässt sie dann all ihre Sachen hier? Braucht sie keine Tasche? Alarmstufe rot, sofort Fahndung einleiten.« Sie sind dazu ausgebildet, diesen ganzen Quatsch zu bemerken, doch ich habe mich selbst dazu ausgebildet, ihnen nichts zu liefern, woran sie ihre Zeit und Energie verschwenden können. In fünf Stunden und sieben Minuten werde ich diese Schlacht gewonnen haben.

Ich blicke mich in meinem Zimmer um, und mein Magen rumort. Die rosafarbene Tagesdecke, die mir meine Mutter für den Winter mitgegeben hat, liegt zerknüllt und unordentlich auf dem Bett. Die Decke hat seit Ewigkeiten keine Waschmaschine mehr von innen gesehen, ist voll von altem Schweiß und trauriger Energie. Warum sehen die Betten von Depressiven immer alle gleich aus?

Ich spüre, wie mir eine Schweißperle den Nacken hinunterrinnt. *Die Nerven,* rede ich mir ein. *Kopf hoch und mach dein Ding!*

Ich sehe zu meinem Fenster, an dem ich endlose Stunden damit zugebracht habe, fieberhaft über die Zeit nachzudenken, die ich hier in Life House verschwendet habe. Ich gehe zum Nachttisch, ziehe die Schublade auf und nehme ein Foto heraus. Mein Vater und ich an Weihnachten.

Niemand weiß, dass ich dieses Foto besitze. Ich habe es aus einem der Alben meiner Mutter stibitzt. Sie hat Millionen von Bildern überall im Haus verteilt, und eigentlich hasse ich sie alle. Ich habe ihr das gesagt, und bei der Anmeldung hier in der Klinik habe ich es ganz bewusst darauf angelegt, es Old Doctor in ihrer Gegenwart zu erzählen. Da musste sie schniefen. Das hat mich traurig gemacht, nach außen hin jedoch lächeln lassen.

Ich halte das Foto hoch. Ich liebe sein Gesicht. Seine Haut war olivfarben und glatt, und seine Augen waren schokoladenbraun. Ein heftiger Schluchzer steigt in meiner Kehle auf, also küsse ich Dads Gesicht, und eine Träne fällt auf die glänzende

Oberfläche. Ich wische sie schnell weg und lege das Foto ganz unten in meine Tasche.

Krankenschwestern hin oder her, ein paar Sachen brauche ich tatsächlich. Einen Block Papier, um meiner Mutter einen Abschiedsbrief zu schreiben. Ich werde ihn zwischen das Netz und das aufklappbare Tischchen an der Rückseite des Sitzes vor mir stecken.

Ich brauche meine Geldbörse, um von der Stadt zum Flughafen zu gelangen und um mein Flugticket aus dem Ticketautomaten holen zu können. Meine Mutter hat das Ticket per Kreditkarte gekauft und die Karte an die Klinik geschickt. Gestern hat man sie mir feierlich überreicht. »Jane, sie ist nur zum Abholen Ihres Tickets gedacht – Ihre Mutter setzt großes Vertrauen in Sie, und ich glaube, Sie haben es sich auch verdient.« *Oh ja, das habe ich, mit jeder Lüge und jeder falschen Träne, die Sie geschluckt haben, Sir. Keine Sorge, Dr. Gallus, mit einer Kreditkarte auf den Putz zu hauen, ist in meinem Plan nicht vorgesehen.*

Ich öffne mein Portemonnaie. Ich habe hundert Mäuse in bar. (Geld, das mir meine Mutter *für Notfälle* gegeben hat.) Ich ziehe die Taschenuhr meines Dads hervor und checke die Zeit. Noch drei Minuten bis zu meiner letzten Sitzung.

Was werde ich sagen? Es muss perfekt sein, denn Old Doctor ist nicht dumm. Falls er auch nur den leisesten Verdacht hat oder merkt, dass irgendetwas faul ist, bin ich erledigt. Kein Ausweis. Kein Flug. Kein Nirwana. Gaukle ich ihm jedoch irgendeine Enthüllung vor, nicht zu groß, aber auch nicht zu klein, wird er sich freuen, von seinem eigenen Genie ganz beseelt sein und sich keine Gedanken mehr über mich machen. Er ist schließlich auch nur ein Mensch. Wenn ich euch eins mit auf den Weg geben kann, Leute, dann das: Erwachsene sind so leicht auszutricksen. Lasst sie glauben, dass sie Genies sind. Ihr Ego ist noch größer als unseres.

Ehrlich gesagt bin ich selbst kein Genie, aber dafür eine sehr gute Lügnerin.

5

Jane?«, fragt Old Doctor.
Ich höre ihn, aber ich will, dass er voranmacht. Er möchte über meinen Vater sprechen. Welche Erinnerungen an Weihnachten ich mit ihm verbinde. Ich habe über zwanzig Minuten lang meine üblichen Antworten ausgekotzt: Ich war erst elf, und er ist an Heiligabend gestorben. Natürlich ist »gestorben« nicht das richtige Wort, vermutlich genauso wenig wie die Bezeichnung »Zwischenfall« für meinen *Zwischenfall*. Aber das würde ich Old Doctor niemals erzählen. *Sie sind gestorben* kann man über Menschen sagen, die, ob sanft oder unsanft, von irgendeiner äußeren Kraft getrieben, in die ewigen Jagdgründe entschwunden sind; wenn etwa Krebszellen oder ein zu schneller Wagen die Ursache waren. Mein Vater nahm jedoch sein Schicksal selbst in die Hand. Er hat seinen eigenen Schalter umgelegt, wie die Patienten hier in Life House so gern sagen. Mein Vater hat sich das Leben genommen. (So möchte Old Doctor, dass ich es formuliere, in aller Ehrlichkeit und Offenheit.)

»Ich kann mich nur an sehr wenig erinnern, was seinen Tod betrifft«, sage ich, was sowohl wahr als auch unwahr ist, aber jetzt etwas anderes zu behaupten, nach alledem, was ich im vergangenen Jahr über meine Halberinnerungen erzählt oder nicht erzählt habe, würde zu viele Fragen aufwerfen. Und ich weiß, warum er fragt. Weil ich nach Hause fahre und Weihnachten ist und unausweichlich alles Mögliche aufgewühlt wird. Genau das sind die Festtage für mich: ein großes Fest des Mistaufwühlens. Die Menschen verstehen das nicht, aber Erinnerungen sind genau wie die Zukunft. Du kannst nicht planen, wann sie auftauchen, und du hast keine Kontrolle über sie, wenn sie es tun. Das Schlimmste von allem: Je älter du wirst, umso trauriger sind die Erinnerungen. Zumindest ist das meine Erfahrung.

Und wo wir schon dabei sind: Niemand wühlt mehr Mist auf als meine Mutter. Darüber zerbricht sich Old Doctor wahrscheinlich spät in der Nacht den Kopf und kaut an seinen Nägeln. Er hat meine Mutter kennengelernt, daher weiß er Bescheid. Sie ist völlig irre mit all den Fotos in jedem verdammten Zimmer, als würde ein Foto in deinem Zimmer deinen toten Mann im Herzen am Leben erhalten. Auf alle Fälle hält es in *meinem* Herzen die Depression quicklebendig. Aus dem Haus zu gehen ist nicht viel besser. Wenn wir zum Beispiel im Supermarkt einkaufen gehen – in den Augen jedes vernünftigen Menschen eine völlig banale Angelegenheit –, ist jeder Regalgang der Ort einer vergessenen Erinnerung. »Oh, dein Vater hat so gern Honig-Nuss-Cheerios zum Frühstück gegessen«, oder »Kaffee, dein Vater hat das Aroma einer frisch aufgebrühten Tasse einfach geliebt«. Wirklich, Mum? Hat ihm auch das sanfte Gefühl von Charmin-Toilettenpapier gefallen? Man würde am liebsten einfach rausschreien: »Wenn er so viel so geliebt hat, warum hat er sich dann verdammt noch mal umgebracht!?«

Ich höre, wie Old Doc sich geräuschvoll räuspert.

»Entschuldigung, was haben Sie gefragt?«, sage ich, um Zeit zu schinden.

Old Doctor sitzt in seinem großen Lederstuhl und wartet darauf, dass ich fortfahre. Seine dünnen Arme sind voller Knochen, die förmlich aus seiner schlaffen, spröden Haut herausragen.

»Du warst ein Jahr lang nicht mehr zu Hause«, erwidert er und probiert es nun auf einer anderen Schiene. »Wie fühlst du dich dabei?«

»Ich bin bereit«, antworte ich, sage aber sonst nichts.

»Bereit?«, fragt er schließlich, nachdem er eine Weile gewartet hat.

Ich mache mir für einen Moment Sorgen, ob mein Unwille zu sprechen in Kombination mit meinen kurzen, unergiebigen Antworten dazu führen kann, dass er mir mein »Bereitsein« nicht abkauft. Ich blicke auf meine Schuhe und tue so, als würde ich gründlich über seine Frage nachdenken. *Ich kann unmöglich in diesen Schuhen sterben.* Es sind Altdamenschuhe, die meine Mutter für mich gekauft hat, für den Fall, dass es in Life House einen Ball oder so etwas geben würde. Denkt eine Sekunde darüber nach, und ihr bekommt einen kleinen Eindruck von dem, womit ich zu kämpfen habe. Meine Mum dachte, es gäbe vielleicht ein paar nette Jungs in dieser schönen Irrenanstalt, mit denen ich tanzen könnte.

Um keine Missverständnisse aufkommen zu lassen: Ich gebe meiner Mum keine Schuld an dem, was passiert ist. Mein Dad war ein Selbstmordkandidat, genau wie seine Mutter, und bestimmt waren das deren Mum oder Dad ebenfalls. Es gibt sicher Studien, die das besser belegen, als ich es kann, aber wenn sich jemand aus der eigenen Familie umgebracht hat, ist die Wahrscheinlichkeit viel größer, dass man es auch selbst probiert. Allerdings gebe ich ihr durchaus Schuld daran, dass sie nicht loslässt. Dass mich ihretwegen seine hässliche Entscheidung wie eine offene Wunde durch mein Leben begleitet: Unbehandelt kann das zu einem Problem werden, wie die Ärzte zu sagen pflegen. Und ich schätze, nun bin ich ein Problem geworden. Sicher, sie hat mich zu Unmengen von Ärzten geschleppt, doch sie konnte verdammt noch mal niemals darüber hinwegkommen, und deshalb stecken wir seit dem Selbstmord an jenem Weihnachten vor fünf Jahren im gleichen Schlamassel fest.

»Du schaust immer wieder auf deine Schuhe. Warum?«

»Meine Mutter hat sie mir geschickt, für den Fall, dass hier ein besonderes Ereignis stattfindet. Ein Ball oder so was. Mein Gott, es klingt so lächerlich, wenn man es ausspricht. Sie spinnt, nicht wahr?«

Er nickt wieder, eher um so etwas wie Erkenntlichkeit als um Zustimmung zu zeigen. Aber ich erwidere nichts. Schließlich gibt er nach.

»Ist deine Reise nach Hause ein besonderes Ereignis?«

Ich spüre es. Diese alten, knochigen Hände haben etwas in mir in die Finger bekommen. Aber weiß er, worauf er seine Finger gelegt hat?

»Bedauerlicherweise ist eine Busfahrt in irgendein Hintertupfingen, gefolgt von einer weiteren Busfahrt zu einem traurigen, kleinen Flughafen in einem Provinznest in meinem momentanen Leben wirklich ein großes Ereignis.« Ich lasse ein nervöses Lächeln aufblitzen. Es gefällt mir nicht, wohin sich dieses Gespräch entwickelt.

Er sieht mich abwartend an. Er will, dass ich ihm meinen geheimen Plan auf den Tisch werfe.

Ich sitze mit versteinerter Miene da.

Er beugt sich vor, sieht mir forschend in die Augen und versucht, seinen Griff um das Unbekannte in mir zu festigen. Ich wette, die Verwendung des Wortes *Ereignis* hat seine Alarmglocken läuten lassen, und jetzt sucht er nach seiner Beute. *Zeig kein Gefühl, Jane.*

»Jane«, beginnt er sanft.

Ich bemerke zum ersten Mal, dass ich zittere. Er muss eine kleine Öffnung entdeckt haben, denn seine Augen funkeln. Ich muss etwas sagen, um seinen Bann zu brechen.

»Ich kann diese Schuhe nicht ausstehen. Meine Mutter kauft gern Schuhe. Ich hasse ihre verdammten Schuhe. Mein Vater hat sich über ihre Schuhe lustig gemacht. Daran kann ich mich erinnern.« *Hör auf zu reden, Jane. Kein Wort mehr.*

Ich betrachte meine Schuhe. Zu meiner eigenen Überraschung fällt eine Träne auf sie herab. Ich wünschte, ich könnte sagen, dass das Wasser in meinen Augen vorgespielt ist, Teil meiner kleinen Enthüllung, aber der Tränenfluss entzieht sich meiner Kontrolle. Dieser alte Dreckskerl versteht es, seine Fragen zu stellen, und ich glaube, er weiß auch genau, wann er sie zu stellen hat. Ich habe so viel damit zu tun gehabt, meinen Plan vor Old Doctor zu verbergen, dass nun meine anderen Geheimnisse weniger gut geschützt sind. Vielleicht bin ich aber auch nur nervös wegen heute. Es ist, als bräche etwas in mir auf.

»Warum hat er sich über deine Mutter lustig gemacht?«

»Ich habe keine Ahnung. Er ist schon so lange tot. Er sagte immer, dass sie ›mehr Schuhe als eine Prinzessin‹ habe. Er mochte Krawatten. Meine Mutter und ich haben ihm jedes Weihnachten zwei Stück gekauft. Es gab immer einen Haufen von Geschenken auszupacken: Spielsachen für mich, Schuhkartons für Mum und jedes Mal zwei flache Krawattenschachteln für Daddy.«

Ich höre für einen Moment auf zu reden und stelle mir vor meinem inneren Auge meinen Vater vor. Ich sehe immer das gleiche Bild, wenn ich versuche, mich daran zu erinnern, wie er aussah: Wie er in seinem wirklichen Alltagsleben war. Er sitzt in seinem Atelier, lehnt sich auf seinem Stuhl zurück und schaut aus dem Fenster. Ich gehe immer sehr leise hinein und denke, dass er nicht mitbekommt, wie ich mich in sein Atelier schleiche – doch er hat es immer direkt bemerkt. Ich war damals ein ganz kleines Mädchen, vielleicht fünf oder sechs. Er sagte dann: »He, Kürbis, kann ich einen Kürbiskern haben?«, und ich antwortete immer: »Zu welchem Zweck, Sir!« – es war ein Satz, den er mir beigebracht hatte. »Ich möchte ihn rösten und braten und aufessen.« Und ich schüttelte mit einem kleinen verschmitzten Grinsen den Kopf. Er tat dann immer so, als sei er gekränkt, und flehte und flehte um einen Kürbiskern, bis ich lachen musste. Dann drückte er mich, küsste mich auf den Kopf und sagte mir, dass er mich über alles liebe.

Es ist komisch: Am Tag, bevor er starb, kam er zu mir ins Wohnzimmer, wo ich einen alten Film namens *The House Without a Christmas Tree* gesehen habe. Er beugte sich über mich und küsste mich auf den Kopf, wie er es halt getan hatte, als ich fünf war. Aber jetzt war ich elf, und ich drehte mich zu ihm um und schrie ihn an: »Mach das nie wieder! Es ist abartig. Küss mich nicht auf den Kopf und fass auch nicht mein Haar an.« Er stand für einen Moment irgendwie wie erstarrt da, dann lächelte er. Er sagte: »Entschuldige, Kürbis, ich wollte dich nicht belästigen.«

»Du belästigst mich nicht – küss mich nur nie wieder auf den Kopf.«

Er nickte zum Einverständnis, flüsterte: »Entschuldige, Kürbis«, und ging. Am nächsten Morgen war er tot. Ich hatte nie Gelegenheit, die Sache zu erklären oder etwas dazu zu sagen, dass es mir leidtat oder so. *Ich* verabscheute es nicht – nur mein elfjähriges Ich verabscheute es. So ticken Elfjährige nun mal. Ich denke äußerst ungern darüber nach, und deshalb vermeide ich es nach Möglichkeit, allzu viel an ihn zu denken. Aber alle wollen sie ständig darüber reden.

»Meine Mutter hat seine Krawatten aufgehoben. Ich will weder sie noch ihre dummen Fotos von ihm ansehen müssen. Sein Atelier ist wie ein gruseliger Reliquienschrein oder ein Mausoleum. Es kotzt mich an. Sie kotzt mich an. Ich liebe sie, aber sie kotzt mich an. Sie will nur alles genauso erhalten, wie es war, nur dass nichts mehr so ist. Er ist tot. Und ich habe jetzt einen Knall, genau wie er einen hatte.« Dieses Gespräch erschöpft mich. Nicht die Art, wie ich meine letzte Sitzung verbringen wollte.

»Du wirst deine Mutter morgen sehen. Vielleicht können wir sie dazu bewegen, mit dir zurückzufliegen, und wir können ein Familiengespräch über die Fotos und die Krawatten führen und über das Zimmer deines Vaters, wenn es dich aufregt. Es könnte hilfreich sein, wenn ihr beide einander zuhören würdet.«

Wieder folgt eine lange Pause, und er wartet geduldig auf meine Reaktion. Aber ich sitze mit unbeweglicher Miene da. Er betrachtet mich einige Minuten lang, was ich als wirklich unbehaglich empfinde, bis ich schließlich mit dem Erstbesten herausplatze, was mir in den Sinn kommt.

»Ich habe noch nie Weihnachten ohne sie verbracht. Beim Gedanken daran habe ich mich sehr einsam gefühlt. Jetzt fliege ich nach Hause. Darüber bin ich froh. Es wird wie in alten Zeiten sein. Wir können dann reden; es ist nicht nötig, dass sie hierherkommt.«

Er nickt und hofft, dass ich weiterrede.

»Ich will mit ihr einkaufen gehen. Ich habe sehr schöne Erinnerungen daran.«

Dann folgt eine lange Pause, in der ich nichts sage und er dasitzt wie eine Statue in einem Park, die darauf wartet, dass der durchgeknallte Idiot auf der Bank wieder zu reden anfängt.

»Das wirst du auch tun können, da bin ich mir sicher.«

Er greift nach einer Schachtel mit Papiertaschentüchern.

Ich nehme eins. Ich weine.

Er sieht auf seine Uhr, dann sagt er: »Du musst deinen Bus erwischen.«

Ich schniefe und lächle.

»Ich wünsche dir eine wunderbare Reise, Jane. Denk daran: Ganz gleich, wie dunkel deine Zeit zu Hause sein wird, du bist nicht allein. Es könnte einen Moment geben oder sogar ein oder zwei Tage, wo du dieses Gefühl hast und denkst: ›Niemand auf der Welt kann mich sehen oder hören‹, aber das stimmt nicht. Wir sind immer bei dir. Wir glauben an dich. Und du kannst uns jederzeit telefonisch erreichen.«

Ich frage mich, ob da sein Unterbewusstsein am Werk ist. Ob er sich Sorgen macht, dass etwas Schlimmes geschehen könnte. Ich frage mich, ob der Gedanke in seinem Kopf heranreifen wird, bis er versucht, mich zu retten, wenn ich ins Flugzeug steige. *Hirngespinste,* tadele ich mich.

»Frohe Weihnachten, Jane.«

6

Ich schnappe mir meine Tasche und sehe zu, dass ich aus den Altdamentanzschuhen herauskomme. Dann schlüpfe ich in meine Schneestiefel und ziehe die Säume meiner Jeans darüber. Ich stopfe meine weiße Bluse in die Jeans und ziehe einen dunkelbraunen Pullover mit V-Ausschnitt an, darüber dann meine Winterjacke. Ich eile nach unten in die Eingangshalle. Nachdem ich den um meinen Hals hängenden Ausweis für den Bus vorgezeigt habe, stelle ich mich hinter vier Patienten aus der Suchtstation an, von denen ich keinen kenne. Es ist fünf vor zwölf, und der Bus steht bereits mit laufendem Motor vor der Anstalt.

Ich verabscheue das alles.

Es ist ein kurzer, gelber Bus, mit den Worten *LIFE HOUSE* in großen Blockbuchstaben an der Seite. Sie hätten genauso gut *IRRENHAUS* schreiben können, nur um sicherzustellen, dass auch jeder, der uns in der Stadt sieht, weiß, wer wir sind. Wir steigen in den Bus, wie es sich für mit Medikamenten ruhig gestellte Zombies gehört, und schauen überallhin, nur nicht einander an. Eine Betreuerin hakt unsere Namen auf einer Liste ab, und der Busfahrer legt den Gang ein.

Ich schaue auf meine Uhr: Drei Stunden und siebenundfünfzig Minuten bis zum Abflug. Ich schließe die Augen und stelle mir diesen milchig blauen Himmel über der Erde vor. *Fast geschafft, Jane.*

Als ich aus dem Bus steige, blicke ich wieder auf meine Uhr. Es ist erst zwanzig nach zwölf, also habe ich gut vierzig Minuten Zeit, bis der Flughafenbus abfährt. So weit, so gut – jedenfalls in puncto Zeit.

Die braven Stadtbewohner von Powder River starren uns an, als seien wir Deppen. Wer würde das auch nicht tun? Da kommt eine Busladung halbwüchsiger Spinner in deine Stadt gefahren, um ein paar kleine Weihnachtseinkäufe zu machen und etwas Spaß zu haben – klar, dass einem da die Kinnlade herunterfällt.

Ich stehe einige Sekunden lang bloß da, vorübergehend unsicher geworden. Die Betreuerin, sie heißt May, bemerkt meine Unentschlossenheit.

»Jane, Ihr Bus sammelt Sie in ungefähr dreißig Minuten genau hier ein. Ist alles in Ordnung? Wollen Sie, dass ich hier mit Ihnen warte?«

»Nein«, antworte ich. Dann: »Ich will meiner Mutter ein Geschenk kaufen, aus Powder River.«

»Möchten Sie, dass ich Sie begleite?«

Ich schüttele den Kopf. »Das geht schon. Habe ich genug Zeit?«

»Ich glaube schon. Sie sollten sicherheitshalber in zwanzig Minuten zurück sein.« Sie hält inne, dann fährt sie fort: »Sie sehen sehr besorgt aus, Jane. Sind Sie sich sicher, dass alles in Ordnung ist? Ich glaube, Ihre Mum wird es verstehen, wenn Sie diesmal nichts für sie haben.«

»Mir geht es gut«, murmele ich. »Ich will auch eine Krawatte für meinen Vater kaufen.« Sie ist nur eine externe Betreuerin; sie weiß nicht, dass mein Vater sich an Heiligabend eine Kugel in den Kopf gejagt hat, daher fällt die Lüge nicht auf. Aber was ist, wenn sie es Old Doctor oder einer von den Krankenschwestern erzählt, die mich kennen? Merke: Du wirst leichtsinnig. Halte dich gefälligst an den Plan.

»Einige Häuserblocks weiter ist an der Ecke *Lila's Vintage*«, sagt sie. »Sie sollten dort Krawatten haben. Ich gehe am besten mit.«

»Danke, aber ich komme schon zurecht, wirklich.«

Sie sieht mich an, und im Geiste überschlägt sie wohl alles, was schiefgehen könnte, und wägt es gegen das ab, was an Weihnachten zu tun gut und richtig ist.

»In Ordnung, aber Sie haben nicht viel Zeit. Seien Sie vorsichtshalber lieber schon in fünfzehn Minuten wieder zurück.«

Ich nicke, drehe mich in den schneidend kalten Wind und setze mich in Bewegung. Schneematsch, Salz und Sand bedecken den Gehweg, die eisigen Temperaturen haben alles in eine spiegelglatte Fläche verwandelt. Trotz der Kälte wandern Menschen umher und begutachten die Schaufenster, und etwa ein Dutzend Kinder von einem ortsansässigen Chor haben sich vor dem Rathaus versammelt, um Weihnachtslieder zu singen. Vor dem Chor ist ein Ständer aufgebaut, von dem ein altmodischer schwarzer Topf herabhängt. Kleine Kinder werfen abwechselnd die Münzen ihrer Mütter hinein.

Ich spüre noch immer den Blick der Betreuerin im Rücken, darum drehe ich mich um, aber sie ist verschwunden. Wo ist sie hingegangen? *Sie ruft nicht in der Anstalt an. Sei nicht paranoid.* Ich begutachte die Straßenecken, an denen ich vorbeigekommen bin, ganz genau. Nichts. Sie ist einkaufen. Wie alle anderen. *Bloß nicht ausflippen, Jane.*

Ich stemme mich gegen den Wind, gehe an der Tür zu *Lila's Vintage* vorbei und hinein in *Dowden's Drugstore* an der gegenüberliegenden Ecke. Ein alter Mann in einer kurzen weißen Apothekerjacke schaut von seinem Sitzplatz auf und schenkt mir ein flüchtiges Lächeln, bevor er sich wieder an sein Werk macht und Pillen zählt.

Ein FedEx-Kurier kommt mit den Händen voller Pakete durch den Hintereingang des Ladens und bringt seine Lieferung zur Theke.

Während die beiden Männer plaudern, betrachte ich eine Auslage von handgestrickten Fäustlingen und Mützen. Auf dem gewebten Wollgarn tanzt ein Muster aus Zuckerstangen: rot und weiß, grün und rot, schwarz und rosa. Anders als die Erkältungsmittel und Schlaftabletten sind diese Sachen zwar nicht unbedingt ein Teil des Plans, aber je mehr Zeug ich mit zur Theke bringe, umso geringer ist die Wahrscheinlichkeit, dass sich der Apotheker fragt, wofür ein Teenager eine so merkwürdige Auswahl an frei verkäuflichen Medikamenten benötigt. Ich nehme eine Mütze und ein Paar Handschuhe aus dem Regal und stopfe meine alten Fäustlinge in die Taschen. Ich streife die neuen über. Sie sind warm und flauschig. Ich schnappe mir zwei weitere Handschuhpaare plus Mützen: ein Set für Mum und eins für Dad, nur für den Fall, dass die Betreuerin fragt.

Ich gehe durch einen der Gänge und greife mir eine Sonnenbrille. Große, schwarze Gläser. Ich setzte sie auf und schaue in den Spiegel. Ich sehe aus wie ein Käfer. Es gefällt mir.

Im nächsten Gang finde ich die Erkältungsmittel und die Schlaftabletten. Ich ziehe die Flaschen heraus, die ich für die spezielle, online recherchierte Kombination brauche. Ich gehe zum Apotheker hinüber und lege alles auf die Theke. Er tippt die Preise in die Kasse ein, und ich reiche ihm das Geld.

»Vielen Dank, meine Liebe. Beehren Sie uns bald mal wieder.«

Er reicht mir eine Tüte mit meiner »Medizin« und eine zweite mit meiner neuen Sonnenbrille sowie den anderen Fäustlingen plus Mützen. Ich setzte meine Brille auf und lasse den Apothekenbeutel in meine Reisetasche fallen. Ich gehe zur Tür und bin einen Augenblick später wieder auf der Straße.

Ich schaue auf die Uhr. Es ist zwölf Uhr fünfundvierzig. Noch fünfzehn Minuten Zeit. Drei Stunden und fünfzehn Minuten bis zum Abflug.

7

Haben Sie gefunden, was Sie wollten?«, begrüßt mich May, als ich an die Straßenecke zurückkehre. Sie muss sich Sorgen gemacht haben, ich könnte weggelaufen sein oder mich verirrt haben. Das gefällt mir ganz und gar nicht. *Nicht aufregen, Jane.*

»Nein, aber ich habe Fäustlinge und so Sachen für Mum und Dad gefunden.«

Ich öffne die Tüte und zeige ihr die Fäustlinge und Mützen.

»Die sind ja goldig – haben Sie die bei *Dowden's* bekommen?«

Ich sehe auf die weiße Papiertüte und bemerke das kleine Logo von *Dowden's* darauf. *Verdammt, Jane. Du willst es dir anscheinend wirklich vermasseln. Jedenfalls macht das langsam den Anschein.*

»Mir gefiel nicht, was es bei *Lila's* gab. Es hat alles nach Mottenkugeln gerochen.«

Die Betreuerin lächelt und sagt: »Ich bin selbst kein großer Fan vom *Vintage*. Aber Sie wissen, *Dowden's* steht nicht auf der Liste, Jane.«

»Kann das nicht unter uns bleiben?«, frage ich mit der professionellen Übung einer lebenslangen Lügnerin. »Ich hab nicht daran gedacht, als ich hineinging; es lag einfach auf dem Weg, und ich wollte rechtzeitig wieder hier sein.« Ich halte für einen Moment inne und schaue ihr forschend ins Gesicht. Es ist undeutbar.

»Ich habe kein Drogenproblem«, füge ich hastig hinzu. »Das ist nicht mein Ding; Sie können es in meinen Unterlagen nachsehen. Wirklich. Außerdem weiß ich, wie wichtig es ist, nicht zu spät zu kommen.«

Sie lächelt, nickt und zwinkert mir zu.

Danach plaudern wir ein bisschen und erzählen von den Weihnachtsritualen unserer Familien. Sie stammt aus einer ›Packe-die-Geschenke-nicht-vor-dem-Morgen-aus‹-Familie, und wir sind eine ›Puste-dir-vor-dem-Morgen-das-Hirn-aus-dem-Schädel‹-Familie, also haben wir nicht viel gemein. Ich lüge natürlich und sage, dass wir auch ›Nie-vor-dem-Morgen‹-Geschenkeauspacker sind. Bla bla bla.

Bevor ich in den Bus steige, umarme ich sie spontan, und sie erwidert die Umarmung. Es gibt ihr das Gefühl, dass sie etwas Besonderes ist, und hoffentlich wird das ihr Schweigen besiegeln. Sie mag mich jetzt, und wir haben ein Geheimnis; du wirst mich niemals melden, stimmt's?

Es ist erst fünf nach eins, als der Bus aus Powder River abfährt. Ich setze mich nach hinten, was seltsam wirkt, weil mit mir nur drei Personen im Bus sind. *Verhalte dich normal, Jane. Mach nur normale Sachen.*

Meine Lungen verkrampfen sich ein wenig, mein Herz fängt heftig zu hämmern an, und ich frage mich, ob die Frau fünf Reihen vor mir es hören kann und ob sie ahnt, warum ich hier bin. *Niemand weiß von dem Plan*, sage ich mir. *Ich bin nur ein Mädchen, das nach New Jersey nach Hause fliegt. Ich komme nicht aus Life House. Woran sollten sie es erkennen können?* Ich sehe prüfend an mir herunter. Nichts Ungewöhnliches. Überhaupt nichts.

Der Bus rollt durch die Stadt und biegt dann auf die Autobahn zum Flughafen ein. Ich sehe ein Kaninchen über den

Schnee flitzen und überlege, wie groß die Welt durch seine Augen erscheinen mag. Oder ob die Landschaft nicht umgekehrt stark verkleinert wirkt, weil es dem Boden so nah ist. Oder vielleicht kann das Kaninchen sowieso gar nicht weit sehen, und daher spielt das alles keine Rolle. Ich werde es nie erfahren; ich kann es nicht mehr zu Hause nachschlagen. Meine Gedanken rasen mit einer Million Kilometer pro Stunde. Ich treibe mich selbst in den Wahnsinn, also schließe ich die Augen, beruhige meine Atmung und stelle mir den tiefen, blauschwarzen Horizont vor, den ich durch das Flugzeugfenster sehen werde. Langsam durchflutet mich ein Gefühl von Erleichterung und Ruhe. *Ich bin jetzt so nah dran,* sage ich mir wieder und wieder.

Eine gefühlte Ewigkeit später sind wir am Flughafen. Es ist erst ein Uhr achtundfünfzig, zwei Minuten vor dem Zeitplan. Mein Herzschlag verlangsamt sich. Mein Geist wird klarer. Ich kann das Nirwana förmlich schmecken.

Als ich aus dem Bus steige, erfüllt mich Entschlossenheit und mehr Selbstvertrauen, als ich seit Jahren empfunden habe. Es ist eine Art Euphorie, und ich verdonnere mich dazu, ihren Sirenengesang zu ignorieren – es ist kein Gefühl, an das ich mich klammern kann. Es existiert nur, weil ich mich darauf vorbereite, den Plan auszuführen. *So einfach ist das – lass nicht zu, dass dein Verstand dir Streiche spielt, Jane.* Ich habe dieses Gefühl auch vor meinem ersten »Zwischenfall« gehabt. *Glaub keine Sekunde lang, dass dies ein Gefühl ist, das du dir erhalten kannst. Es ist nur dein Körper, der versucht, deinen Geist dazu zu bewegen, den Plan aufzugeben.*

8

Der Flughafen von Boise ist winzig, mit nur einer Handvoll Landebahnen – verglichen mit Newark oder John F. Kennedy eine ganz andere Liga. In den Urlaub Reisende wuseln von der Ticketausgabe zum Hauptgate und eben Gelandete vom Hauptgate zu den öffentlichen Transportmitteln. Es ist ein kleiner Bienenstock der Betriebsamkeit und erheblich voller, als ich es mir vorgestellt habe. Irgendwie ist das tröstlich; es gibt mir das Gefühl, unsichtbar zu sein.

Ich steuere direkt den Schalter von West Air an. Im Gehen spüre ich, wie es in meiner Reisetasche summt. Ich schaue hinein und ziehe das Handy von Life House heraus. Die Hauptnummer von Life House leuchtet auf. Ich überlege eine Sekunde, ob ich drangehen soll, entscheide mich dann aber dagegen. Wenn sie versuchen, mich zu erreichen, kann das nichts Gutes bedeuten. *Warum musstest du vor der Betreuerin so eine Show abziehen, Jane?* Ich zwicke mir kräftig ins Bein, nur um mich zu ermahnen, nicht noch mehr zu vermasseln.

Ich schaue auf die Abflugtafel und sehe eine lange Liste abgesagter Flüge, beginnend um fünf Uhr nachmittags. Mein Flug wird immer noch mit der richtigen Abflugzeit angezeigt. Wahrscheinlich zieht ein Sturm auf. Verdammt. Verdammt! Mein Herz beginnt zu rasen, und ich stelle mal wieder fest, wie sehr ich das Leben und das Unerwartete doch hasse, und gelobe, dass ich, wenn Gott mich nur in irgendein Flugzeug befördert, den Plan nicht durchziehen werde, versprochen. Ich lüge natürlich, aber, offen gesagt, wenn ich glauben würde, dass Gott auf die Einzelheiten achtet, wäre ich mit Sicherheit sowieso überhaupt nicht hier. Ich habe die Kreditkarte meiner Mutter in den Ticketautomaten geschoben, und meine Bordkarte wird ausgedruckt. Boardingzeit fünfzehn Uhr dreißig. Danke, lieber Gott!

Bevor ich mich zu Gate zwölf aufmachen kann, muss ich durch die Sicherheitskontrolle. Sie haben für den ganzen Flughafen nur zwei Metalldetektoren, und die Sorge, meinen Flug zu verpassen, treibt mir den Schweiß aus den Poren. Ich schaue auf meine Taschenuhr, es ist erst zwanzig nach zwei. *Ich krieg das schon hin,* rede ich mir gut zu.

Vor mir steht eine Schlange von ungefähr zehn Personen, die darauf warten, abgefertigt zu werden. Ein junger Kerl mit Punkfrisur und einem Snowboard hat Schwierigkeiten, den rechten Metalldetektor zu passieren. Wahrscheinlich ist er mal von einer Skateboard-Rampe gestürzt und hat nun eine Metallplatte im Kopf. Ich könnte ihn umbringen. Er sieht mich an, als wolle er sagen: »Tut mir leid – es liegt nicht an mir.« Hübscher Junge, aber im Augenblick einfach nur lästig.

Hinter ihm steht eine Gruppe von Bergsteigern, die alle T-Shirts mit der Aufschrift *Matternaught Peak: Avalanche Valley, Grand Teton* tragen. Ein gewaltiger Haufen Gepäck und Ausrüstung liegt um sie herum.

Sie sind laut und ausgelassen und machen den Anschein, als wäre es ihr besonderes Highlight, sich an überfüllten öffentlichen Orten zu tummeln. Für mich beweisen sie nur einmal mehr, was ich schon immer gewusst habe: Es gibt keinen einzigen Menschen auf der ganzen Welt, der mich unter gewissen Umständen nicht nervt.

Ich sehe wieder auf meine Uhr. Es ist bereits zwei Uhr dreißig. Vor Unruhe beiße ich mir innen in die Wange, um nicht auf der Stelle loszuschreien.

Ein frisch verheiratetes Paar steht direkt vor mir und wartet vor dem linken Metalldetektor. Sie heißen Margaret und Eddie – zwei der vielen Informationen, die ich aus ihrem ungewöhnlich lauten Gespräch erfahren musste. Ich hatte nie irgendwelche besonderen Probleme mit Frischvermählten, aber jetzt beginne ich, Verachtung für sie zu empfinden. Ihr unaufhörliches selbstverliebtes Gerede kotzt mich an. Ich beiße kräftiger in meine Wange und schmecke den salzigen, metallischen Geschmack meines Blutes.

Margaret beklagt sich über ihren Ehering. »Eddie, er ist einfach so schwer, da wird ja mein Handgelenk ganz lahm.« Eddie wirkt gleichzeitig stolz und verlegen und sagt: »Du musst vielleicht anfangen, Sport zu treiben, Margaret … he he he.«

Sie machen weiter mit diesem Übelkeit erregenden Geplapper, das sie immer wieder mit unnötigen Berührungen begleiten, bis sie sich einen Abschiedskuss geben und Margaret durch den Metalldetektor tritt, während Eddie allein zurückbleibt. Dann werden sie beide ganz traurig und werfen einander doch tatsächlich noch Kusshändchen zu. Ich will schreien, aber ich halte den Kopf gesenkt und weiß, dass ich schon bald elftausend Meter hoch in der Luft sein werde.

Nachdem Margaret allein durchgegangen ist, nähere ich mich nun dem Metalldetektor, aber der Sicherheitsbeamte hebt die Hand, um mich aufzuhalten, und bittet den Punkrocker, vor mir durchzutreten. Ich explodiere vor Unruhe und rufe: »Mein Flug geht gleich!«

Ich muss wirklich laut geschrien haben, denn in meiner unmittelbaren Umgebung wird es still, und sowohl der Snowboarder als auch der Sicherheitsbeamte drehen sich um.

Der Sicherheitsbeamte mustert mich von Kopf bis Fuß und wägt den Grad meines Irrsinns ab. Ist sie weihnachtsirre oder echt durchgeknallt? Das ist es, was er festzustellen versucht.

»Miss, wann geht Ihr Flug?«

»Um vier.«

Er sieht auf seine Armbanduhr und schaut mich seltsam an. »Sie haben noch anderthalb Stunden, Miss. Ich schlage vor, Sie atmen einmal tief durch und beruhigen sich.«

Ich beiße mir noch fester in die Wange, während ich nicke, und jetzt schlucke ich Blut.

Der Snowboarder greift nach seiner Tasche und seinem Snowboard und bewegt sich einige Schritte zur Seite. Ich kann nicht umhin, ihn anzusehen. Er ist völlig ungerührt, zeigt keinerlei Emotionen. Seine Wangenknochen sind kantig, als seien sie aus Fels gemeißelt.

»Ist schon in Ordnung«, sagt er. »Lassen Sie sie durch.«

Ich nicke ihm zum Dank zu, hauptsächlich deshalb, weil ich den Mund nicht öffnen kann. Ich hebe die Hände und passiere den Metalldetektor und die Leibesvisite. Keinerlei Alarmsignale, also gibt es wohl keinen Detektor für jemanden, der plant, sich körperlichen Schaden zuzufügen.

Ich schnappe mir meine Reisetasche aus der Ablagewanne und gehe schnell zur nächsten Toilette, wo ich mich in eine Kabine einschließe und ein wenig Blut aus der Bisswunde in meiner Wange in die Toilette spucke. Ich kann kaum atmen, also setzte ich mich hin, bedecke den Mund mit beiden Händen und versuche, die Luft zu regulieren, die in meine Lungen hinein- und aus ihnen wieder herausströmt. Es funktioniert. Ich reiße mich zusammen und spritze mir etwas Wasser ins Gesicht. Ich betrachte mich im Spiegel und bin bestürzt über die

Röte meiner Wangen. *Beruhig dich*, befehle ich mir, bevor ich wieder hinausgehe.

Ich gelange zu Gate zwölf und finde dort einen Sitzplatz. Ich sehe nach, wie spät es ist. Zwei Uhr fünfundvierzig. Ich werfe einen Blick auf die Fluganzeige und bete abermals, dass mein Flug nicht gestrichen wird.

Ich schaue wieder auf meine Uhr, einfach aus Gewohnheit. Es ist immer noch zwei Uhr fünfundvierzig. Ich frage mich, ob ich es noch weitere fünfundvierzig Minuten aushalte. Ich schiebe die Zunge zwischen die Zähne und beiße zu. Nicht zu fest, nicht fest genug, um zu bluten, aber gerade so fest, um mich konzentrieren zu können und den Kopf freizubekommen. *Ich werde es schaffen.* Das sage ich mir wieder und wieder.

9

Zu meiner Erleichterung haben die Leute von West Air ihre Sache wirklich im Griff und ziehen sie durch. Sie lassen uns zeitig einsteigen und verkünden, früher als geplant abzuheben, wenn die Fluglotsen es erlauben. Mein Sitz befindet sich in der dritten Reihe von hinten, und ich habe einen Fensterplatz.

Ich bahne mir ohne weitere Vorkommnisse den Weg nach hinten und vermeide, mit irgendjemandem Blickkontakt aufzunehmen, die Stewardess mit eingeschlossen, der ich natürlich nicht über den Weg traue.

Einige Bergsteiger mit großen Taschen kommen durch den Gang, und ich bete, dass sie sich nicht neben mich setzen. Sie bleiben an der Reihe vor mir stehen und beginnen ihre Sachen abzuladen. Es ist ein ganzer Haufen. Und es gibt einen Haufen lauter und lästiger Gespräche über eine grüne Reisetasche, die nicht in das Gepäckfach über den Sitzen passt, ein Problem, das schließlich gelöst wird, indem jemand die Tasche mit viel Gewalt unter einen Sitz schiebt. Die Stimme des Piloten ertönt, der die Flugbegleiter bittet, die Kabine zum Abflug bereit zu machen.

Ich stoße nun endlich einen Seufzer der Erleichterung aus: Eine ganze Reihe für mich allein zu haben ist einfach zu schön, um wahr zu sein. Dann, im letztmöglichen Moment vor dem Start, keimt im vorderen Teil des Flugzeugs plötzlich Unruhe auf. Der Sitz neben mir ist immer noch frei, viele andere aber ebenfalls. Ich fange an, vor mich hinzumurmeln: »Bitte, setz dich nicht neben mich. Bitte, setz dich nicht neben mich. Bitte, setz dich nicht neben mich.« Der Herr hat's gegeben, der Herr hat's genommen.

Ich blicke auf und sehe den Snowboardpunker über meiner Reihe im Gang aufragen. Er quetscht sich in den Sitz neben meinem. Ich sehe, dass er noch jünger ist, als er mir vorkam.

»Tut mir leid, hier ist echt wenig Platz«, entschuldigt er sich, nachdem er auf meine Tasche getreten ist und mir beim Hinsetzen den Ellbogen in die Rippen gestoßen hat.

»Kein Problem«, sage ich so leise, dass er mich wahrscheinlich gar nicht hört.

Ich wende mich ab und betaste das Netz auf der Rückseite des Sitzes vor mir.

Kurz darauf meldet sich der Pilot und bittet die Flugbegleiter, ihre Plätze einzunehmen. Ich hole tief Luft. Mein Traum, mein Plan wird wahr. Nach ein paar kleineren Hindernissen und ein wenig Panik bin ich endlich auf der Startbahn. Ich lächle vor mich hin und schaue zur Seite, um sicherzugehen, dass der Snowboarder mich nicht anguckt.

Das Flugzeug rollt zur Startbahn, hält an und macht dann eine 180-Grad-Drehung. Langsam nimmt es wieder Fahrt auf, und schließlich erwachen die Triebwerke brüllend zum Leben. Die Beschleunigung drückt mich in meinen Sitz, und wir zischen über die Startbahn. Ich drehe mich zum Fenster und murmele ein Gebet, bitte Gott, über meinen Flug zu wachen. Eine reine Instinkthandlung, und noch während ich bete, weiß ich, wie lächerlich ich mich mache. Ich bin im Begriff, meinen eigenen Schalter umzulegen, und bitte um einen sicheren Start.

Wann immer ich fliege, spreche ich dasselbe Gebet: Ich flehe die Toten an: meinen Vater, meinen Großvater und meine Großmutter, einen Cousin, mit dem ich nur einen Sommer lang persönlichen Kontakt hatte und der inzwischen an einer Gallenblasenentzündung gestorben ist, und meine Englischlehrerin, Miss Lathrop, die einen Schlaganfall erlitten hat und an einem Schinkensandwich erstickt ist. Sie ist allein in ihrer Wohnung gestorben. Ich lasse meine private Parade toter Engel vorüberziehen und bitte sie, die Flügel des Flugzeugs zu tragen und mich nach Hause zu bringen. Vor allem bitte ich sie wohl, mich weit genug zu tragen, damit ich mir das Leben nehmen kann. Miss Lathrop hätte gesagt: »Wie ironisch.« Ich frage mich immer, was sie gedacht hat, kurz bevor sie gestorben ist.

Das Flugzeug hebt ab und neigt sich dann steil nach links. Wir halten diese Flugbahn für ungefähr zehn oder fünfzehn Minuten bei, dann schlägt die Maschine einen waagrechten Kurs ein.

»Paul Hart, Cambridge, Massachusetts«, sagt mein Sitznachbar und streckt mir die Hand entgegen. Er hat einen leichten New-England-Akzent, ein sportlicher Typ, mit kräftigen, drahtigen Muskeln an den Unterarmen. Ich lege meine Hand wie automatisch in seine, ziehe sie aber fast sofort wieder zurück. Seine Hände sind groß und rau von Schwielen.

»Sie waren mal weicher.«

»Was?«

»Meine Hände. Ich merke gerade erst, wie schwielig sie geworden sind.« Er macht eine Kopfbewegung in Richtung meiner weichen, blassen Hände. »Du bist wohl nicht zum Klettern hierhergekommen.«

Ich funkle ihn wütend an. Er starrt zurück, und wir schauen einander auf eine irgendwie sehr peinliche Art ins Gesicht. In seinen Worten ist eine Beleidigung oder Unterstellung versteckt. Ich habe keine Ahnung, ob er unhöflich sein wollte oder ob er einfach ein Idiot ist, aber ich spüre, dass mir Tränen in die Augen steigen, daher senke ich den Blick.

»Alles in Ordnung?«, fragt er. »Ich habe mir nichts dabei gedacht«, versichert er. »Nur eine Beobachtung.«

Ich habe meine Fassung wiedergewonnen und schaue auf. Er hat dichtes braunes Haar und ein Engelsgesicht, wenn man von den dunklen Stoppeln einmal absieht, die sein Kinn bedecken wie Schmirgelpapier. Ich kann aus seinen ausgestöpselten Ohrhörern das unbarmherzige Hämmern irgendeiner Punkband hören, die wahrscheinlich außer ihm und seinen Snowboardkumpeln niemand kennt. Mich stört, dass er immer noch seine Sonnenbrille trägt.

»Ich habe gesehen, dass du gebetet hast«, meint er und weicht ein wenig zurück, während er es sich in seinem Sitz bequem macht. Seine Stimme klingt wie Rollsplitt. Wahrscheinlich ist er Raucher. »Ich hoffe, du hast Flügel; sieht ganz so aus, als würde da ein Riesensturm aufziehen.«

Er lacht ein wenig über seinen eigenen Scherz und nimmt seine Sonnenbrille ab. Seine Augen kommen zum Vorschein. Natürlich sind sie babyblau, wenig überraschend – alle Knalldeppen haben solche Augen. Ich frage mich, ob grundsätzlich alles, was aus seinem Mund kommt, nervig ist oder ob ich im Moment sowieso alles und jeden nervtötend finden würde. Ich komme zu dem Schluss, dass es wahrscheinlich nur an Paul Hart liegt.

»Ja. Gott ist tot und so weiter«, sage ich ein wenig abrupter, als es meine Absicht war.

»Was?«, fragt er. »Ich hab's nicht verstanden.«

Ich begreife, dass ich in meinem Kopf ein Gespräch geführt habe, in dem ich Pauls harmloser Bemerkung schon um etwa drei Antworten voraus war. Das passiert mir öfter – ich male mir Gespräche aus, bevor sie geführt werden. Deshalb haben die Leute manchmal große Mühe, mich zu verstehen und ich sie. Aber Paul ist ein helles Köpfchen und begreift schnell.

»Ich wette, du hast als Hauptfach Philosophie«, sagt er, vielleicht eine klein wenig süffisant. »Schon kapiert.«

»Ja, woher hast du das gewusst?«, frage ich. Es fällt mir sehr schwer, in so einer Situation nicht zu lügen. Ich fühle mich da einfach sicherer. Ich öffne den Mund, um weiter zu lügen, aber ich bin zu müde und zu nervös, also zwinge ich mich aufzuhören.

Er sieht mich etwas sonderbar an. »Ich finde, die labern alle nur Scheiße. Sie wissen auch nicht mehr über das Leben als man selbst.«

Ich mustere für einen Moment sein Gesicht. Ich kann sehen, wo er alt werden wird, wo die Falten von seinen Augenwinkeln ausgehend ihre Schneisen ziehen werden. Ich wette, er ist jemand, der sich ständig Sorgen macht und sich gleichzeitig hinter seiner Fassade versteckt – nach außen der tollkühne Draufgänger, darunter eine zappelnde Masse Angst.

»Stimmt«, antworte ich, greife nach der Karte mit den Notfallinformationen und studiere sie.

Er schaut mich eine Sekunde lang an, dann umspielt ein schiefes Lächeln seine Mundwinkel. Er hält mich für eine dumme Tussi. Oder einfach für der Mühe nicht wert. Er schiebt sich seine Stöpsel in die Ohren, setzt seine Sonnenbrille wieder auf und lehnt sich in seinem Sitz zurück.

Ich stöpsle ebenfalls meine Kopfhörer ein, schließe die Augen und wende mich ab. Ich hoffe, er versucht nicht noch einmal, mir ein Gespräch aufzuzwingen. Ich höre, wie er in seiner Tasche kramt und seinen Sicherheitsgurt zurechtzieht. Es ist eine Menge Show in seinem Gehabe, als probiere er, meine Aufmerksamkeit zu erregen. Ich gehe jedoch nicht darauf ein, weniger, weil es Teil meines Plans wäre, sondern weil es einfach meiner Natur entspricht. Angeber stoßen mich ab.

Die Stimme des Piloten ertönt: »Liebe Fluggäste, ich entschuldige mich für den abrupten Abflug eben, aber die Flugsicherung wollte, dass wir abheben, bevor die Startbahn einschneit. Uns steht ein kleiner Sturm bevor, also wird die Anzeige, die Sicherheitsgurte bitte geschlossen zu halten, anbleiben, während wir unser Möglichstes tun, dem Sturm einen Schritt voraus zu sein. Wir werden ein wenig weiter nach Norden fliegen, als wir das normalerweise tun, aber sobald wir diese Wetterfront hinter uns haben, korrigieren wir unseren Kurs und sollten dann wie geplant in Chicago landen. Also, zeigen Sie sich bitte kooperativ und bleiben Sie möglichst auf Ihren Plätzen. Danke, dass Sie sich dafür entschieden haben, mit West Air zu fliegen, und genießen Sie Ihre Reise.«

»He, was geht da ab, Alter?«, sagt Paul laut. Er sieht mich wieder mit diesem schiefen Lächeln an, das ich bereits verabscheue. Redet er mit mir? Oder antwortet er dem Piloten? Ich sehe ihn nicht an. Ich ziehe die Decke aus dem Netz im Sitz vor mir und wickle mich darin ein. Ich schließe die Augen und warte. *Ein weiterer unerwarteter Vorteil meines Plans*, denke ich. *Ich werde den Akzent dieses Arschlochs aus Massachusetts nie wieder hören müssen.*

10

Wie durch ein Wunder bin ich eingenickt. Ich nehme es jedenfalls an, denn als ich die Augen öffne, ist es stockfinster, bis auf einige Leselampen in den Reihen vor mir. Das Flugzeug ist fast leer, daher sieht es hier drinnen aus wie in einer Geisterstadt. Paul schläft, eine Karte an den Bauch gelehnt, sein Buch unter den Ellbogen geklemmt.

Ich schaue auf meine Taschenuhr. Es ist nach fünf. Ich krame einen Block aus meiner Tasche heraus. Über diesen Brief habe ich tausendmal nachgedacht. Ich suche mir eine feste Unterlage für den Block, aber wir fliegen durch Turbulenzen, und das erschwert das Schreiben. Glücklicherweise ist es sehr kurz, was ich zu sagen habe.

Liebe Mum,

ich gehe zu Dad. Wir sehen uns auf der anderen Seite. Mach dir keine Vorwürfe. Ich wurde damit geboren, und da lässt sich nun mal nichts machen.

Alles Liebe, Jane

Ich falte das Blatt zusammen und schreibe vorn »Mum« drauf. Dann stecke ich es in das Netz des Sitzes vor mir und versuche, es so zurechtzuschieben, das jemand es finden wird. Plötzlich überkommt mich die Angst, dass der Brief unbemerkt bleiben und meine Mutter ihn niemals lesen wird. Dass sie sich für den Rest ihres Lebens die Schuld an meinem Tod geben wird. Ich starre das Blatt eine Weile an, dann nehme ich es wieder heraus und stopfe es in meine Hosentasche. Ich öffne meinen Sicherheitsgurt und drehe mich in meinem Sitz in Pauls Richtung. Ich steige über ihn hinweg, vorsichtig balancierend, bis ich das hintere Bein herüberheben kann. Er regt sich für einen Moment, wacht aber nicht auf.

Die Toilette ist direkt hinter mir. Ich schaue auf meine Uhr. Seit dem Abflug ist über eine Stunde vergangen. Langsam wird die Zeit knapp. Wenn ich die Pillen jetzt nehme, sollte ich tot sein, bis wir in Chicago landen. Ein kurzer Schauer läuft mir über den Rücken, als ich mir vorstelle, wie sich mein Körper ans Leben klammert und ich auf einer fahrbaren Krankentrage durch den O'Hare-Flughafen gerollt werde. Das wäre die Hölle. *Konzentrier dich auf jetzt, Jane.*

Eine einsame Stewardess sitzt im vorderen Teil des Flugzeugs und blättert in einer Zeitschrift, wahrscheinlich erleichtert darüber, dass sie dank der Turbulenzen nicht den Getränkewagen den Gang hinunterschieben und Bestellungen aufnehmen muss wie eine Kellnerin. Endlich erlebt mein Plan sein glorreiches Finale. Ich öffne die Toilettentür und trete ein. Ich schließe die Tür und verriegle sie. Ich drehe mich um und setze mich auf die Toilette. Ich schlage die Hände vors Gesicht und frage mich, was meine Mutter wohl gerade macht. Ich weine ein wenig, nicht weil ich Angst habe, sondern weil ich so erleichtert darüber bin, hier zu sein, und gleichzeitig traurig wegen meiner Mutter. Irgendetwas wird mit ihr passieren, wenn sie davon hört, etwas, was bleibende Spuren hinterlässt. Ich bin traurig deswegen, aber es reicht nicht, um mich aufzuhalten.

Ich krame in meiner Tasche und ziehe meine Tabletten heraus. Eine nach der anderen drücke ich aus der Verpackung.

Der unruhige Flug erschwert die Sache, aber ich schaffe es, einen kleinen weißen Pappbecher mit allem zu füllen, was ich brauche. Ich nehme mir einen weiteren Becher aus dem Spender und befülle ihn in der winzigen Spüle. Ich beruhige mich.

Ich spreche noch einmal mein Abflugsgebet und hoffe, dass meine Engel mich nach Hause tragen werden. *Was für den einen Flug funktioniert, sollte für alle funktionieren,* sage ich mir. Ich öffne den Mund und greife nach den Pillen. Die Maschine gerät in ein Luftloch und hüpft auf und ab. Ich stütze mich schnell mit der freien Hand an der Wand ab, um nicht das Gleichgewicht zu verlieren.

Ich mache das Kreuzzeichen. Ich stehe nun da und betrachte mich noch einmal im Spiegel, ein letztes Mal. Es sind die Augen, immer die Augen. Sie sprechen ihre eigene Sprache. Was sehe ich in ihnen? Hilflosigkeit. Trauer. Einsamkeit. Zerfall. Verzweiflung. Ich sehe meinen Urgroßvater, seine Augen sind wie meine. Ich habe ihn nie kennengelernt, aber die Dunkelheit hat mit ihm begonnen oder vielleicht sogar schon früher. Ich weiß, dass seine traurigen Geheimnisse meine eigenen sind.

Ich führe den Becher mit den Tabletten an die Lippen und greife nach dem Wasser.

Es gibt einen heftigen Schlag, und es knallt. Das Licht flackert, dann geht es aus. Alles schwarz. Für einen Moment glaube ich, ich sei bereits in jener dem Tod vorangehenden Traumspirale, nach der ich mich gesehnt habe. Aber dann sackt der Boden des Flugzeugs unter mir weg. Mir werden die Füße weggerissen, und mein Kopf schlägt an die Decke. Die Pillen springen mir aus der Hand, als würde ein Schrotgewehr seine Munition verballern.

Auf meinem Weg zum Boden pralle ich gegen die Wand, und das Licht geht flackernd wieder an. Mir ist schwindlig. Ich höre Schreie von außerhalb der Toilette, und ich frage mich, ob sie versuchen, mich rauszuholen. Doch kurz darauf sagt die Stewardess allen, dass sie Ruhe bewahren sollen. Ich versuche aufzustehen, aber ich bin zu benommen dazu. Ich spüre etwas Warmes an meiner rechten Wange, und dann entdecke ich rote Tropfen auf dem Boden vor mir. Ich greife mir an den Kopf, und meine Hand ist sofort voll mit klebrigem rotem Blut.

Ich drücke mich gegen die Wände neben mir, schaffe es allerdings nur, mich in eine geduckte Stellung neben der Toilette und dem Waschbecken zu manövrieren. Ein zweiter Knall, und dann wird das ganze Flugzeug schwarz. Wieder sackt der Boden unter mir weg, aber diesmal bleibe ich neben der Toilette eingekeilt.

Ein rotes Licht leuchtet kurz über mir auf, dann erstirbt es ebenfalls. Die Motoren verstummen. Ich kann spüren, dass das Flugzeug einfach nur noch durch die Luft gleitet und auf und ab geworfen wird. Es reagiert nicht mehr. Eine gefühlte Ewigkeit schweben wir wie ein toter Körper, der flussabwärts ins Nirgendwo treibt. Ich frage mich für den Bruchteil einer Sekunde, wo ich bin, erinnere mich an meine Engel und überlege, ob sie das Flugzeug noch halten. War es das? Werde ich auf diese Art sterben?

Dann wieder ein tiefer Sturz in den Abgrund. Panik packt mich, und ich schreie so laut, wie ich noch nie in meinem Leben geschrien habe. Als ich endlich wieder atme, würge ich an den Pillen, die noch in meinem Mund sind, und huste sie aus, während ich gleichzeitig versuche, sie herunterzuschlucken. Ich höre Angstschreie aus dem vorderen Teil des Flugzeugs, fange an zu schluchzen und bete wieder und wieder. Ich begreife, dass der Bug des Flugzeugs nach unten zeigt, und der Winkel wird von Sekunde zu Sekunde steiler. Und dann liegt der Flieger wieder gerade in der Luft, und das Heulen des Windes wird zum Kreischen eines sterbenden Vogels.

Mein Magen tanzt und flattert, und ich werde ohnmächtig. Ich erwache eine Minute oder eine Stunde später. Ich habe keine Ahnung, wie viel Zeit verstrichen ist. Aber es ist still und düster, und für einen Moment denke ich, das war's jetzt. Der Himmel ist schwarz und kalt und still; das ist das Gegenteil der Hölle, oder nicht? Ich betaste erneut die Seite meines Gesichts, das Blut ist klebrig und immer noch feucht. Und dann sackt das Flugzeug plötzlich ab, eine Serie von gewaltigen Turbulenzen wirft mich rüttelnd auf und ab. Und dann: *Peng*. Schwärze legt sich über alles.

TEIL 2

Überleben

11

Ich wache auf. Der Raum rotiert wild um mich herum, aber ich spüre die Schwerkraft, die mich nach unten drückt. Ich lege eine Hand an die Wand und stütze mich ab. Ich atme tief durch. Nach einigen Sekunden verlangsamt sich das Wirbeln, und nur Übelkeit bleibt zurück. Ich berühre mit der anderen Hand sanft meine Kopfhaut. An meiner Stirn ist eine Beule von der Größe einer Limone. Ich reibe sie mit den Fingerspitzen, und verkrustetes Blut krümelt herunter.

Es ist dunkel, doch meine Augen gewöhnen sich rasch daran, und ich erkenne eine Flugzeugtoilette. Ich erinnere mich, wo ich bin, aber ich weiß nicht mehr, warum. Warum haben sie mich zurückgelassen? Ich lege eine Hand auf die Toilette und die andere ans Waschbecken und schiebe und stoße, bis ich es schaffe, mich hochzuziehen. Der Drehwurm nimmt wieder an Fahrt auf, und meine Kotze klatscht gegen den Spiegel.

Meine linke Hand findet den kantigen Griff der Tür, und ich ziehe sie auf. Ich falle nach vorn aus der Tür. Ich schlage auf dem Boden auf, lande jedoch relativ weich. Da ist ein Kissen aus weißem Pulver, etwa siebzig Zentimeter tief. Meine Arme und Beine zappeln, um Halt zu finden, und einen Augenblick später stehe ich auf.

Ein eisiger Wind peitscht mir ins Gesicht, und es fühlt sich an, als stächen mich tausend winzige Nadeln. Ich bedecke mit dem Unterarm die Augen, bis der Windstoß nachlässt.

Ein trübes graues Licht schwebt über der Welt. *Es muss be-*

reits Morgen sein, denke ich. *Wir müssen abgestürzt sein. Wie lange war ich ohnmächtig? Wo bin ich?*

Über mir sind mehrere Berggipfel zu sehen. Hinter mir eine nicht sehr hohe Felswand, die sich etwa dreißig, vierzig Meter weit zu einem Plateau erhebt. Durch die vier Berge drum herum sieht es wie ein Bett mit Bettpfosten aus.

Ich ziehe meine Handschuhe und die Mütze aus den Taschen und streife sie über. Der Schmerz in meinem Kopf lässt mich zusammenzucken. Ich verspüre plötzlich einen überwältigenden Drang zu pinkeln. Ich ziehe meine Hose herunter und pinkle halb hockend, halb stehend in den Schnee. Ich fange laut zu lachen an. Ich bin allein auf dem Gipfel eines Berges inmitten eines wilden Schneesturms. Und pinkle!

Ich blicke mich um und nehme meine Umgebung wahr. Wo sind alle anderen? Haben sie mich zurückgelassen? Ich versuche, mich an die Ereignisse der letzten Nacht zu erinnern, aber alles ist verschwommen. Ich hole tief Luft, bemühe mich, einen klaren Kopf zu bekommen.

Ich muss die anderen finden. Wenn ich überlebt habe, dann müssen es auch andere geschafft haben.

Ich drehe mich in den Wind, und harter Schnee schlägt mir ins Gesicht wie Schrotkörner. Ich kann nur wenige Meter weit sehen. Ich bewege mich langsam vorwärts, die Hände unter meine Jacke geschoben, damit sie warm bleiben. Überall liegen Trümmer. Verbogenes Metall, zerrissener Stoff und zerfetzte Sitze, und in der Ferne etwas, was mir die Hauptkabine zu sein scheint.

Die Luft stinkt nach Flugzeugbenzin und Rauch, und meine Nase brennt von den Dämpfen.

Ich gehe auf die Kabine zu. Der Schnee reicht mir bis zu den Oberschenkeln und an manchen Stellen sogar bis zur Hüfte. Meine Handschuhe sind dünn, und meine Hände brennen, daher stecke ich sie in die Taschen. Was wäre ich ohne meine Hände? Merke: Um zu überleben, musst du bessere Handschuhe finden.

Jeder Schritt ist mühsam. Ich ziehe mein Bein aus meterhohem Schnee und lasse dann den Fuß in die nächste Verwehung sinken, wobei ich bete, dass er auf festem Grund landet. Der Schnee schützt meine Beine zwar vor dem schneidenden Wind, aber die kalte Feuchtigkeit dringt durch meine Jeans.

Wie viel Zeit habe ich, um hier draußen zu überleben? Einige Stunden? Vielleicht einen Tag? Ich habe gelesen, wenn man ins Meer stürzt, presst das kalte Wasser einem die Luft aus den Lungen, und der Körper unterkühlt binnen Minuten. Was würde ich jetzt dafür geben, in meinem kalten, sterilen Raum in Life House zu sein.

Ich denke an mein Fenster und an die Taschenuhr meines Vaters und an die endlosen Stunden, die ich damit verbracht habe, in den leeren Innenhof hinauszustarren. Ich schiebe meine Hand tiefer in die Tasche und erwarte, die Uhr zu fühlen, doch da ist nichts. Ich taste in der anderen Tasche, aber sie ist ebenfalls leer. Panisch klopfe ich mehrmals meine gesamte Jacke und meine Hose ab. Nichts. Mein Blick streift hektisch über den Schnee links und rechts, obwohl ich gleichzeitig weiß, dass das natürlich völlig sinnlos ist. Übelkeit steigt in mir auf. Es ist, als hätte ich noch mal ein Stück von ihm verloren. Meine Lippen zittern, und ein Gefühl von Leere überwältigt mich.

Ich blicke zurück zum Heck des Flugzeugs, es ist jedoch bereits hinter einem wirbelnden Schleier aus Weiß verschwunden. Dann gucke ich vor mich, dorthin, wo ich vor einigen Minuten die Hauptkabine des Flugzeugs zu erkennen glaubte, aber das blendende Eis sticht mir so sehr in die Augen, dass ich nur noch ein paar Meter weit sehen kann. Mutlosigkeit macht sich in mir breit. Ich drehe mich einige Male vor und zurück und hoffe, dass entweder das Heck oder die Kabine wiederauftauchen, doch keins von beiden wird sichtbar.

Ich weiß nicht, wohin. Ich bin verloren. Ich werde sterben. Auf diesem gottverlassenen Berg werde ich sterben. Nun gut, ist es nicht genau das, was ich wollte?

Auf einmal weiß ich darauf keine Antwort mehr.

Ist es denn das, was ich wollte? Wollte ich das?

12

Ich spüre einen Kloß im Hals. Tränen schießen mir in die Augen, rinnen meine Wangen hinunter und gefrieren dort auf der Stelle. Neuer Schwindel überkommt mich, und meine Beine geben unter mir nach. Ich falle auf die Knie. Schnee wirbelt um mich herum, begräbt mich wie ein herzloser Mörder, der Erde auf ein noch atmendes Opfer schaufelt. Ich lebe, bin aber so gut wie tot. Ich schaue auf, dorthin, wo ich die Sonne vermute, aber ich sehe nur Muster aus Grau und Weiß, die vor meinen Augen tanzen.

Ein gewaltiger Schluchzer steigt in mir auf, und ich stoße einen Urschrei aus, der aus den dunkelsten Winkeln meines Herzens dringt. Es ist, als sei ein Teil von mir seit dem Tod meines Vaters gefesselt und geknebelt gewesen und jetzt freigelassen worden, um sich zu Wort zu melden, bevor er ins Jenseits verschwindet.

»Oh Gott, oh Gott!«, höre ich mich in den Himmel brüllen.

Ein Strom unkontrollierter Laute bahnt sich seinen Weg durch meine Brust und aus meinem Mund heraus. Meine Stimme hat keine Worte für das, was da jetzt aus mir herausbricht. Es ist wild und kehlig. Es ist das Leben, das sich lautstark gegenüber dem Tod Gehör verschaffen will, bevor der Tod eintritt. Während ich da knie und keuche, kann ich in meinem Kopf die alte, engelhafte Stimme flüstern hören: *Lass los, Jane. Lass es gut sein. Genau das hast du dir doch so lange gewünscht. Lass dich vom unberührten weißen Schnee bedecken.*

Kämpf nicht dagegen an; nimm es mit Freuden; gib dich hin und lass den Schnee dein trauriges schwarzes Herz ein und für allemal begraben.

Eine heftige Bö eisiger Luft schlägt mir ins Gesicht. Ich drücke den Kopf ans Kinn, um mich zu schützen, und dann höre ich, als sei ich zu zwei Menschen geworden, meine eigene Stimme im Wind tanzen. Und dann höre ich sie wieder, aber mein Verstand sagt mir, dass das nicht ich sein kann. Fern, klar, vertraut. Die Stimme kommt wieder und jetzt klarer, als sich der Wind für einen Moment legt.

»Hilfe! Ist da jemand?«

Ich fange kurz an zu weinen, dann schreie ich zurück: »Ich bin hier! Hilfe! Helfen Sie mir!«

»Ich bin hier unten! Hier unten! Ich stecke fest!«, ruft die Stimme zurück.

»Helfen Sie mir!«, schreie ich wieder.

Dann begreife ich, dass ich, so verzweifelt meine Lage auch sein mag, nicht feststecke. Ich kann mich bewegen, ich kann handeln. Die Stimme von Old Doctor hallt in meinem Kopf wider: »Das Problem ist der Stillstand, Jane. Du kannst verkümmern oder dir selbst helfen. Das ist der einzige Weg zum Seelenheil.«

Ich erhebe mich langsam aus dem Schnee und versuche, das Gleichgewicht zu halten. Meine Beine zittern. Mein Gesicht ist verkrustet von Schnee, getrocknetem Blut und altem Erbrochenem, das jetzt zu gefrieren beginnt.

»Wo sind Sie?«, rufe ich. »Wo sind Sie?!«

»Hallo!? Hallo!?«, schreit die Stimme. Und dann: »Hier unten! Hier unten!«

Ich kenne diese Stimme. Ich kenne diese nervige, aber jetzt so unglaublich schöne Stimme. Es ist Paul Hart. Ich beginne mich durch den tiefen Schnee zu arbeiten. Meine Beine stampfen wie mit Adrenalin betriebene Kolben und pflügen sich mit Nachdruck und Entschlossenheit durch die Schneewehen. Neue Hoffnung erfüllt Kopf und Seele, und mein Körper jagt vorwärts. Es ist fast, als würde ich im Rennen nur die Oberfläche des Schnees berühren.

Ich blicke auf, sehe, wie sich der Himmel unter meinen Füßen auftut, und ramme die Fersen fest in den Schnee. Meine Füße kommen ins Rutschen, und dann falle ich auf den Hintern und gleite bis ganz an den Rand der Felsspalte.

Ich schiebe meinen Kopf vorsichtig über die Kante, darauf bedacht, dabei nicht auszurutschen. Ich schaue hinab, und es ist schwarz und bodenlos. Der Abgrund muss Hunderte von Metern tief sein. Mein Herz bleibt für eine Sekunde stehen, und beim Gedanken, wie nahe ich daran war, einfach über den Rand der Welt hinauszurennen, zieht sich mir der Magen zusammen.

Ich lehne mich zurück und atme tief ein, dann spähe ich wieder über die Kante und sehe Paul etwa sieben Meter unter mir, noch immer an seinen Flugzeugsitz geschnallt, der in einem aus dem Berghang wachsenden Baum hängengeblieben ist.

»Alles in Ordnung?«, rufe ich.

Er schaut von seinem Hochsitz auf und lächelt.

»So etwas kann wirklich nur mir passieren – sie haben eine Philosophin geschickt, um mich zu retten!«

»Was?«, erwidere ich reflexartig.

Er schaut nach unten und dann zu mir herauf.

»Ich bin unverletzt, aber mein Sicherheitsgurt klemmt. Ich komme nicht raus. Gibt es nur uns zwei?«, fragt er.

»Ich glaube nicht«, rufe ich. »Ich weiß nicht so recht.«

»In meiner Tasche ist ein Messer. Ist das Flugzeug noch ganz? Hast du irgendwelche Taschen gefunden?«

»Ich habe Trümmer gesehen«, antworte ich.

Ich bewege mich nicht. Ich starre nur in sein Gesicht. Dann sage ich unsinnigerweise: »Ist dir kalt?«

»Was?«, blafft er, für einen Augenblick etwas entnervt. »Ja, mir ist sehr kalt! Hör zu, das Messer ist in meinem gelben Rucksack, kommst du an irgendwelche Gepäckstücke ran? Ist noch irgendjemand sonst hier?«

»Es liegen überall Taschen herum – ich schätze, der Laderaum ist beim Aufprall aufgegangen«, antworte ich.

»Such auch nach einem Seil und einem Schlafsack oder einem anderen Schutz für mich, für den Fall, dass ich hier die Nacht verbringen muss.«

»Okay«, schreie ich.

Ich wende mich zum Gehen, aber er ruft mich zurück.

»Warte, wie heißt du?«

»Was?«

»Ich weiß deinen Namen nicht«, brüllt er zu mir herauf.

»Jane«, sage ich. »Jane Solis.«

13

Ich fülle meine Lungen mit der eisigen Luft. Mein Verstand rotiert, und ich drehe mich weg von dem Abgrund und begutachte das schneeverwehte Gelände vor mir. Der Wind lässt etwas nach, und ich kann jetzt den schmalen Streifen erkennen, auf dem der Pilot die Maschine zur Bruchlandung gebracht hat. Es ist ein Hochplateau von zwei- oder dreihundert Metern Breite und vielleicht doppelt so lang. Da und dort ist es mit dichten Nadelbäumen bewachsen, und auf allen Seiten ist es von Berggipfeln umringt. *Es war reines, dummes, blindes Glück*, denke ich. *Das Flugzeug hat durch Zufall auf dieser winzigen Landebahn aufgesetzt, die an der Seite eines Berges versteckt liegt. Hundert Meter weiter, egal in welche Richtung, und wir wären tot.*

Wenn ich auf meinem Weg zu dem Abgrund Fußabdrücke hinterlassen habe, so hat der Wind sie bereits weggewischt. Von der Seite her schiebt sich eine undurchdringliche Wand aus Schnee und Eis durch die Luft. Ich kann weder das Heck noch die Trümmer der Maschine sehen. Ich schließe die Augen und versuche, mir meinen Marsch hin zur Absturzstelle ins Gedächtnis zu rufen und mir den Rückweg vorzustellen. Ich öffne sie wieder, und von einem seltsamen neuen Selbstbewusstsein gepackt, nehme ich meine Aufgabe an.

Hier geht es nicht ums Wollen. Du musst *Paul retten. Du hast keine Wahl, Jane. Geh einfach weiter.*

Ich mache meinen ersten Schritt und dann einen zweiten. Langsam stapfe ich durch die tiefen Schneewehen. Jeder

Schritt verlangt eine enorme Kraftanstrengung. Ich stemme mich dem Wind und dem Eis entgegen und überlasse meinen Beinen das Kommando. Einen Fuß vor den anderen, bis ich nach zehn Minuten gar nicht weit weg ein Fleckchen Rot in einem Meer aus Weiß sehe. Ein Schriftzug, eine Zahl, ich kann noch nichts Genaues ausmachen, aber durch die Sturmböen hefte ich den Blick auf diese eine Stelle. *Es muss der Rumpf des Flugzeugs sein.*

Mit einem Aufwallen von Hoffnung fliegt mein rechtes Bein aus den Schneewehen und dann mein linkes. Schritt für Schritt, wieder und wieder, bewege ich mich durch den tiefen Schnee ohne nachzudenken, starre nur auf diesen Fetzen Rot.

Das Rot wird leuchtender und tiefer, aber es ist keine Zahl und auch kein Buchstabe. Ich bin ungefähr anderthalb Meter entfernt, ein paar Schritte vielleicht, als ich einen roten Stiefel aus dem Schnee ragen sehe. Es hängt ein Bein daran. Und dann, etwa einen halben bis einen Meter von dem Bein entfernt, sehe ich den Kopf des Piloten. Er ist zur Seite gedreht, von seinem Körper abgetrennt und starrt mich an.

Ich öffne den Mund, um zu schreien, aber ich bringe keinen Laut heraus. Dann krampfen sich mir die Eingeweide zusammen, und ich kotze dunkelgrüne Galle auf den Schnee.

Da ist keine Luft in meinen Lungen, mein Magen dreht sich wieder um, und das Geräusch, das aus meinem Körper dringt, ist tief und markerschütternd, wie der Schrei eines verwundeten Tieres, das von einer Falle zerrissen wurde. Ich schaue mich um und sehe Gepäck, Kleider, Trümmerteile und etwas, was eine Frau zu sein scheint, die den Arm über den Schnee an die Tür zur Passagierkabine gelegt hat. Ihre Hand ist noch immer mit einem riesigen Ring geschmückt.

»Margaret«, flüstere ich.

Es ist eigenartig und kommt unerwartet, aber mir wächst ein Kloß im Hals. *Das ist so verdammt willkürlich. Ich lebe und Margaret ist tot. Wieso habe ausgerechnet ich überlebt? Ich verdiene es nicht. Ich verdiene es nicht.*

Ich stelle mir Eddie und Margarets Geschwister vor, ihre Mutter und ihren Vater, die in diesem Augenblick alle hoffen, dass sie diejenige ist, die Glück hatte. Ich kann Eddies Stimme so deutlich hören, als stünde ich noch immer hinter ihm in der Schlange: »Wenn irgendjemand überlebt, dann Margaret. Sie ist der Typ, der überlebt.« Nun ja, ich schätze, das sind wir alle, bis wir es nicht mehr sind.

Und dann kommt mir plötzlich das Gesicht meiner Mutter in den Sinn. Dieses traurige, gebrochene Gesicht, das sie noch Jahre nach dem Tod meines Vaters zur Schau getragen hat. Für einen Moment gebe ich mir alle Mühe, mich daran zu erinnern, wie ihr Gesicht an jenem Abend an Weihnachten ausgesehen hat, bevor er starb. Wir haben Plätzchen gebacken. Ob sie sich wohl noch daran erinnert? Ich frage mich, ob vielleicht unsere Gehirne in diesem Moment quer über den Kontinent hinweg in Verbindung treten könnten. Und ob sie glaubt, dass ich der Typ bin, der überlebt.

14

Der Eingang zum Flugzeugwrack befindet sich einige Meter hinter Margarets Hand. Inmitten des dichten Schneefalls liegt das Wrack da wie eine riesige Metallskulptur, nur für meine Augen sichtbar. Ich bewege mich langsam und gefasst durch den Schnee, bis meine Hände das kalte Metall ertasten. Ich arbeite mich um ein gezacktes Loch herum, in dem einst das Heck des Flugzeugs gesteckt hat, und betrete dann das, was zuvor der gesamte Mittelteil des Flugzeugs gewesen ist. Auf der anderen Seite, wo die Tür zur Pilotenkabine war, befindet sich ein weiteres klaffendes Loch.

Das Flugzeug muss in drei Teile zerbrochen sein: das Heck mit der Toilette und mir, der Rumpf, in dem ich jetzt stehe, und die Pilotenkabine, wo immer sie sein mag. Ich gehe durch den Gang und bleibe vor einem Mann stehen, der noch immer an seinen Sitz geschnallt ist. Er ist eiskalt, hat die starr gefrorenen, toten Augen weit aufgerissen. Ich untersuche schnell die anderen. Die wenigen, die noch an ihre Sitze geschnallt sind, leben alle nicht mehr. Die übrigen Passagiere sind draußen, zerstückelt. Keine Bewegung, kein Leben.

Dann werfe ich einen Blick auf meine Sitzreihe. Beide Sitze sind weg, einfach herausgerissen. Sie wurden wohl hinausgeschleudert, weil sie sich offenbar direkt an der Stelle befanden, wo das Heck des Flugzeugs vom Mittelteil abgerissen wurde. So konnte Paul überleben.

Ein heftiger Windstoß fährt durch die leere Flugzeughülle,

und ich merke, wie kalt mir ist und wie wenig Schutz die an beiden Enden weit offene Kabine mir bietet. Ich sehe mich um. Überall sind Taschen. Bücher, Kulturbeutel, Kleider. Der Laderaum ist aufgerissen und Gepäck über den Schnee verstreut.

Dann mache ich die erste gute Entdeckung, seit ich Paul gefunden habe. Es ist die grüne Reisetasche, die die Bergsteiger unter einen der Sitze vor uns gezwängt haben. *Ich gehe jede Wette ein, dass sie mit Kletterausrüstung vollgestopft ist.*

Ich versuche, ihren Griff zu packen, aber meine Hände sind kalt, und es ist schwer, sie richtig zu fassen zu bekommen. Stattdessen versuche ich, meinen Ellbogen um sie herumzuschlingen und ziehe wie ein Maultier. Die Tasche bewegt sich nicht, und der Reißverschluss klemmt an den Sitzen fest. Ich gehe zur nächsten Reihe vor und setze mich auf den Boden. Mit dem Rücken gegen die Sitze gestemmt, drücke ich die Tasche mit den Füßen heraus. Sie rückt ein kleines Stück vorwärts.

Ich stehe auf und gehe wieder auf die andere Seite der Reihe zurück. Ich begutachte den Sitz, dann ziehe ich das Sitzkissen herunter, nehme die Rettungsweste heraus und kann darunter den Reißverschluss der Tasche sehen. Ich stelle mich auf die Tasche und trample sie so flach wie möglich. Ich gehe auf die Rückseite und blase eine Minute lang auf meine rechte Hand und meine Finger, bis sie sich wärmer anfühlen. Ich umfasse den Griff am Ende der Tasche mit der rechten Hand und helfe mit der linken nach. Ich ziehe, und die Tasche bewegt sich, aber nur zwei oder drei Zentimeter. Ich versuche es noch einmal, indem ich die Füße gegen die Sitze vor mir stemme und mit den Beinen schiebe, während ich mit den Armen zerre. Nichts.

Ich lache kurz auf. *Das ist echt zum Schießen,* sage ich mir.

Ich stehe auf und denke nach. Ich muss an den Inhalt dieser verdammten Tasche kommen. Ich knie mich hin und beiße kräftig auf den Schiebergriff des Reißverschlusses, bohre meine Zähne in das kleine Loch am oberen Ende. Dann zerre ich wie ein Hund, so fest ich kann, mit den Zähnen am Reißverschluss. Einen Moment lang tut sich nichts, kein Nachgeben, aber dann löst er sich und öffnet sich zwei, drei Zentimeter weit. Ich fange an zu zerren und zu zerren, bis sich – *wusch!* – der Reißverschluss fünfzehn Zentimeter bewegt, dann dreißig. Ich packe die beiden Enden mit den Händen und ziehe die Tasche so weit auf, wie ich kann.

Ich greife hinein. Volltreffer! Ich hole ein Paar gute Handschuhe und eine Schneemaske heraus und ziehe alles an. Unvermittelt fühle ich ein wenig neue Lebenskraft.

Ich nehme mehrere lange Unterhosen und Wollsocken heraus und lege sie auf den Sitz. Dann schlüpfe ich aus meinen Stiefeln und schäle meine vom Schnee durchnässten Jeans herunter. Der kalte Wind brennt auf meinen nackten Beinen, die rot und fleckig sind. Ich streife mir das erste Paar lange Unterhosen über, dann die Socken und eine schlabberige Schneehose. Unter meinem Mantel verstaue ich noch eine zweite lange Unterhose und eine trockene Jeans für Paul.

Ich ziehe eine Windschutzjacke hervor, die ich schnell überstreife. Darunter finde ich einen Pullover und einen ganzen Vorrat an Energieriegeln. Ich stopfe sie in meine Bluse und ziehe den Reißverschluss der Windjacke hoch.

Im übrigen Flugzeug gibt es zweifellos noch mehr brauchbare Sachen.

Ich gehe den Gang hinunter und öffne die Fächer für das Handgepäck. Ich ziehe etwas herunter, von dem ich vermute, dass es der Schlafsack von einem der Bergsteiger ist. Ich schiebe den Arm unter die Bungee-Seile, die um den Schlafsack gewickelt sind, und schnalle ihn mir auf den Rücken wie einen improvisierten Rucksack. Ich öffne das nächste Gepäckfach. Ich springe aus dem Weg, als sein Inhalt herausfällt. Ich beginne eine Tasche nach der anderen zu öffnen. Mützen, Handschuhe. Hosen. Pullover. Wollsocken! Ich greife mir drei Paar und stopfe die zusätzlichen Handschuhe und Mützen in die Taschen meiner Windjacke. Ich fische einen Schal heraus und wickele ihn mir um den Hals. Ich finde eine Tüte Chips und stecke sie für später ein.

Auf halbem Weg den Gang hinunter finde ich die Tasche eines anderen Bergsteigers und ziehe sie heraus. Sie ist mit Seilen und allen möglichen anderen Ausrüstungsgegenständen vollgestopft, mit denen ich auf den ersten Blick nichts anfangen kann. Ich wickele mir ein Seil um die Schulter. Ich suche nach einem Messer oder irgendwelchen anderen scharfen Gegenständen, aber ich finde nichts. *Der gelbe Rucksack,* fällt mir ein. *Finde den gelben Rucksack.*

15

Ich verlasse die Passagierkabine und werfe einen Blick auf den Friedhof von Gepäck, das über den Schnee verstreut liegt. All diese Sachen müssen sich im Frachtraum des Flugzeugs befunden haben, der bei der Bruchlandung wie eine Blechdose aufgerissen wurde.

Ich suche eher nach der Farbe Gelb als nach der Form eines Rucksacks. Jede Farbe des Regenbogens hebt sich hell und klar von der weißen Schneedecke ab. Rote Pullover, braune Schuhe, Zahnbürsten und Schminke, beige Hosen und gestreifte Hemden. Schwarze Taschen. Rote Taschen. Taschen in Rosa. Orange. Auch weiße. Und ungefähr sieben Meter vom anderen Ende der Kabine entfernt liegt ein neongelber Rucksack.

Ich pflüge mich durch tiefe Verwehungen und streife mit der rechten Hand am kalten Metall der Hauptkabine entlang, um das Gleichgewicht nicht zu verlieren. An ihrem Ende angelangt, drehe ich mich nach links und stapfe sieben Meter ins Gelände, wate durch einen Haufen ungeöffneter Taschen, bis ich das erreiche, wovon ich inständig hoffe, dass es Pauls Rucksack ist. Ich durchstöbere das Hauptfach des Rucksacks, bis ich Pauls Messer finde. Ich ziehe es heraus. Die Klinge ist scharf und dick, an der Spitze gezackt. Wäre mir dieses Messer einen Tag früher in Life House in die Hände gefallen, ich hätte nicht gezögert, von ihm Gebrauch zu machen. Und zwar, um mich selbst zu verletzen. Jetzt ist es völlig unvorstellbar, es zu einem anderen Zweck einzusetzen, als Paul zu retten. Ich ziehe den

Reißverschluss meiner Jacke auf und stecke das Messer in die Innentasche, die für Geldbeutel und Schlüssel vorgesehen ist.

Ich werfe mir Pauls Rucksack auch noch über die Schulter. Meine Last ist sperrig, und das Gewicht ist ungleichmäßig verteilt, der Schwerpunkt ist zu weit oben, was das Gehen schwierig macht. Schon nach wenigen Schritten wird mir klar, dass es zu viel Zeit kostet, das alles zu dem Felsvorsprung zu tragen. Ich setze die Sachen ab und schiebe sie in die überdachte Passagierkabine, um sie vor dem Schnee zu schützen. Ich stapfe zurück, wieder an der Außenseite der Kabine abgestützt, und dann hinunter Richtung Felskante, mit dem Seil über meiner Schulter und den Kleidern für Paul unter meiner Jacke. Ich klopfe immer wieder auf meine Innentasche, um mich zu vergewissern, dass Pauls Messer noch da ist.

Als ich die Abbruchkante erreiche, schaue ich zu Paul hinunter. Ich rufe nach ihm, aber er hört mich nicht. Der Wind ist stärker geworden, und es ist schwierig, überhaupt etwas zu hören.

Ich schreie »Paul«, so laut ich kann, und dann trete ich etwas Schnee in seine Richtung, und er schaut auf.

»He«, sagt er.

Wir starren einander für einen kurzen Moment an. Selbst aus dieser Entfernung – oder vielleicht gerade deshalb – ist eine Menge in seinen Augen zu lesen: Furcht, Todesangst und eine Art verzweifelte Einsamkeit, die ich verstehe, aber niemals mit Worten erklären könnte.

Ich blicke hinab und befasse mich zum ersten Mal eingehender mit Pauls prekärer Lage. Er befindet sich etwa sieben Meter unter der Felskante, eingekeilt zwischen dem Baum und dem Berghang. Es ist eher eine Felswand als ein Hang. Er ist immer noch mit seinem Sicherheitsgurt an den Sitz geschnallt, und der Gurt klemmt. Selbst wenn er den Gurt irgendwie aufschneiden würde, sehe ich keine Möglichkeit, wie er seinen Sitz verlassen könnte, ohne mit ihm bis auf den Grund hinabzustürzen. Selbst wenn er sich an dem Baum festhalten und nach oben klettern könnte, würden ihn immer noch gut drei Meter vom Plateau trennen. Bei gutem Wetter und mit der richtigen Ausrüstung hätte er vermutlich hinaufklettern können. Aber uns fehlt beides. Ich schaue in den Himmel und dann zurück zu Paul.

»Was soll ich tun?«, frage ich.

»Binde das Seil um das Messer und lass es zu mir herunter. Aber Vorsicht, es ist der Faden, an dem mein Leben hängt.« Er lacht. Für ihn ist alles immer noch ein Witz. In der Klinik habe ich Typen wie ihn nie leiden können.

Es beginnt wieder zu schneien, nicht allzu heftig, doch der Wind weht den Schnee seitwärts und macht es schwer, das Seil um das Messer zu wickeln. Stattdessen binde ich es zu einer Schlaufe und ziehe es über die Spitze der Klinge. Ich wackele mit der Spitze hin und her, bis sie das Seil aufschneidet. Dann wickele ich das aufgeschnittene Seil um den Griff, mache einen Knoten und dann noch einen – es ist der einzige Knoten, den ich kenne.

Langsam lasse ich das Seil über die Felskante, und das Messer gleitet sanft zu Paul hinunter. Er streckt die Hand aus, zieht das Seil samt Messer zu sich heran und wickelt es um seinen Unterarm. Eine seiner Hände muss vor Kälte steif sein, denn er nimmt den Mund, um den Knoten zu öffnen.

»Pass auf, dass du dich nicht schneidest«, rufe ich.

»Ein gutes Zeichen, wenn die Philosophin scherzt«, ruft er zurück. »Da hat sie zumindest nicht die Hosen voll vor Angst.« Er hält eine Sekunde inne, dann schaut er mit einem Lächeln zu mir auf. »Ich bin froh, dass wenigstens einer von uns nicht die Hosen voll hat.«

Er lacht in sich hinein, während er in höchster Gefahr über dem tödlichen Abgrund schwebt. Irgendwie spornt mich das an. Ich balle meine Fäuste, knie mich hin und beobachte nervös, wie Paul in seinem Sitz hantiert.

Er löst das Messer aus dem Seil, indem er die Schlaufe lockert und sie dabei in seiner Hand behält, während er das Messer mit dem Mund herauszieht. Das Messer wie ein Pirat fest zwischen die Zähne geklemmt, schaut er zu mir auf.

Er packt das Messer mit der rechten Hand und schiebt es dann in seine Jacke. Er betrachtet den Sitz und den Baum, und ich schaue in seine Augen und versuche zu erkennen, mit welchen Schwierigkeiten er kämpft und was er überhaupt tun kann, um aus dem Sitz und die Steilwand hinaufzukommen.

Aus meiner Perspektive wird das Problem zunehmend klar. Der Sicherheitsgurt hat sich um einen großen Ast gewickelt, der den Sitz und Paul trägt. Wenn Paul den Gurt aufschneidet, wird er ihr volles Gewicht freigeben. Vielleicht könnte ein weiterer Ast sie aufhalten, aber aller Wahrscheinlichkeit nach würde Paul im freien Fall in den Tod stürzen.

»Du kannst ihn nicht aufschneiden«, rufe ich, in der Befürchtung, dass er es noch nicht bemerkt hat.

»Ich weiß, aber ich habe keine andere Wahl.«

Die einsetzende Abenddämmerung taucht den Himmel in rötlichen Schein, und weil wir von hohen Bergen umgeben sind und weniger Licht zu uns dringt, dürften wir in weniger als einer Stunde in totale Finsternis gehüllt sein. *Was dann?*

»Binde dir das Seil um die Hüfte. Dann schneide den Gurt durch. Ich werde mich hier sichern, und dann kannst du mit meiner Hilfe am Seil hochsteigen.« Das bin ich, die zu ihm hinabruft. Ich bin nicht sicher, wie mir diese Idee zugeflogen ist – und woher ich meinen Wagemut und meine Zuversicht nehme.

Er sieht mich einen Moment lang an und trifft dann eine Entscheidung.

»Such dir einen Baum als Halt, gegen den du dich stemmen kannst!«, ruft er herauf.

Ich suche mit den Augen die Umgebung ab und entscheide mich für eine Kiefer, die recht nahe an der Felskante steht.

Paul legt das Seil mit einer Hand um seinen Körper, und es dauert länger, als man vielleicht erwarten würde. Er bindet einen großen Knoten, der ihn unter den Achseln fest umschließt. Dann ruft er zu mir herauf: »He, ich werde das Ding jetzt durchschneiden. Bist du bereit?«

»Nein, warte!«

Ich knüpfe mir das Seil um die Taille, gehe vielleicht drei Meter von der Felskante zurück und krabbele um den kleinen Baum herum, dessen Äste etwa ein, zwei Meter weit aus dem Schnee herausragen. Ich achte sorgfältig darauf, dass sich das Seil nicht in den Zweigen verheddert, sodass es vielleicht durchscheuern oder zerschnitten werden könnte, versichere mich aber zugleich, dass es fest um den Baum gewickelt ist. Ich wünschte nur, ich hätte genug Seil, um das Ganze zweimal zu machen. Dann stehe ich auf und gehe zum Felsrand, wobei ich das Seil hinter mir herziehe. Ich recke den Daumen nach oben. Paul nickt und setzt dazu an, mit dem Messer am Gurt zu sägen.

Sofort beginnt der Gurt zu zerfasern, und der Schulterriemen reißt. Der Sitz gerät ins Schwanken und baumelt dann frei in der Luft um Pauls Hüfte. Paul ist in den Ast verklemmt und stößt einen Schrei hervor, der mir das Blut gefrieren lässt: Ein Schmerzensschrei der puren Qual. Er rammt das Messer seitlich nach unten. Dann, *schnipp, schnapp!*, der ganze Sitz stürzt in die Tiefe, und ich werde mit einem einzigen plötzlichen Ruck in die Luft geworfen. Mein Gesicht und mein Körper schlagen hart im Schnee auf, und ich werde fast zwei Meter weit gegen den Baumstamm geschleudert. Der Aufprall ist schmerzhaft. Ich kann spüren, wo ich einen Bluterguss an der Schulter bekommen werde.

»Paul«, schreie ich. »Paul!«

Ich bringe mich in die richtige Position, gehe in die Grätsche, umschlinge den Stamm mit den Beinen und klammere mich mit aller Kraft fest.

»Paul! Kannst du mich hören?« Es kommt keine Antwort, aber sein Gewicht zieht noch immer an dem Baum.

»Paul!«

Nichts. Dann erschlafft das Seil unvermittelt, und es lastet kein Druck mehr darauf. Ich schreie.

»Paul!«

»Du musst tun, was ich sage«, brüllt er zurück. »Kannst du dich von der Felswand wegbewegen, sobald ich bis drei gezählt habe?«

Erleichterung durchflutet mich.

»Ja, aber zähl bis zehn, ich habe mich hier irgendwie verheddert«, schreie ich hinunter.

»Sag einfach Bescheid, wenn du so weit bist, okay? Aber versuch, dich zu beeilen.«

Ich krabbele unter dem Baum ein Stück zurück und befreie mich. Das Seil wirkt schlaff. Ich laufe zur Felskante und spähe nach unten. Paul steht jetzt aufrecht im Baum und hat eine Hand um einen kleinen Felsvorsprung gelegt. Er hat vor, an der Wand hinaufzuklettern. Ich soll ihm helfen, indem ich mit dem Seil loslaufe.

»Was ist, wenn du fällst?«, rufe ich nach unten.

Er schaut auf und lächelt.

»Das wäre sehr romantisch, Jane. Wir würden zusammen sterben, wie Romeo und Julia.«

Ich pumpe meine Lungen voll Luft und atme aus. *Was für ein Arsch.*

»Nimm's nicht persönlich, Paul, aber ich will nicht mit dir sterben.«

»Ein Grund mehr, streng dich an. Pass auf, dass du nicht ausrutschst.«

Ich vergewissere mich, dass der Knoten um meine Taille auch fest genug ist.

»Warte einen Moment«, rufe ich. »Ich habe eine Idee.«

Ich stapfe eilig zum Baum zurück, krieche wieder unter die Äste und einmal herum und habe dadurch eine Art primitiven Flaschenzug. Statt weiter von Paul wegzugehen, ziehe ich das Seil, bis es gespannt ist, und gehe dann zur Seite, parallel zum Abgrund.

»Los!«, schreie ich.

Als sich sein Schwerpunkt vom Baum weg verlagert, nutze ich meine horizontal wirkende Kraft, um ihm zu helfen, sein Gewicht den Berg hinaufzuziehen. Ich kann ihn nicht sehen, aber wann immer ich den nächsten Schritt in den frischen Pulverschnee setze, kann ich spüren, wie sich sein Gewicht den Berg hinaufbewegt.

Komm schon, Jane, denke ich. Ich stemme meine ganzen vierundfünfzig Kilo in jeden Schritt. Dann höre ich mich ein Ächzen ausstoßen, das sich in einen Schrei verwandelt, der aus Tiefen dringt, von denen ich gar nichts gewusst habe. Es ist ein Urschrei, als verkünde das Leben selbst seine Rückkehr in meinen Körper.

Zieh, Jane, zieh.

Meine Füße sausen mit unglaublicher Energie aus dem Pulverschnee, und Schritt für Schritt spüre ich, wie sich ein Gefühl der Euphorie in meinem Körper ausbreitet. Dann ist das Gewicht, das an mir zieht, plötzlich weg, und ich fliege vorwärts in den Schnee.

Ich richte mich auf, drehe mich um und wische mir Schnee aus dem Gesicht. Für eine Sekunde sehe ich nichts als Weiß. Ein Gefühl der Leere breitet sich in meinen Eingeweiden aus. Ich schaue die Felskante hinunter und dann zurück über die mich umgebende Landschaft, die flach und leer ist. Dann – wie ein Tier, das nach einer langen Nacht erwacht, die es Wärme suchend unterm Schnee verbracht hat – taucht Paul Hart in meinem Gesichtsfeld auf. Wo ist er hergekommen? Seine Brust hebt und senkt sich heftig. Sein Gesicht ist knallrot, und sein breites Grinsen sagt mir, dass alles in Ordnung ist. Ich fange an zu weinen, als ich auf ihn zugehe, ich kann es nicht zurückhalten. Noch kniet er auf dem Boden. Er schaut zu mir auf; sein Lächeln wird nur noch breiter. Er lässt sich auf den Rücken fallen und stößt ein lautes Lachen aus.

»Jane Solis«, ruft er, immer noch flach auf dem Rücken, »du ziehst wie ein Esel.«

Wie ich schon sagte: Was für ein Arsch.

16

Mit einiger Anstrengung nimmt Paul eine sitzende Position ein und steht dann auf. Er sieht sich um und inspiziert unsere Umgebung.

»In welche Richtung?«, fragt er, immer noch schwer atmend. »Zum Flugzeug, meine ich.«

Kein »Hallo« oder »Danke, dass du mir das Leben gerettet hast«. Nur: »In welche Richtung?« Ich schreibe es der Tatsache zu, dass er fast gestorben wäre, sowie der dünnen Luft und allem, was unter die Kategorie *Typisch Mann* fällt.

Ich reiche ihm ein Paar Handschuhe und eine Mütze.

»Hier.«

Er nickt und zieht seinen Kapuzenpullover zurück, um die Mütze aufzusetzen, dann streift er die Handschuhe über, sagt aber auch dafür nicht Danke. *Geht's noch?*

Ich zeige auf meine Fußabdrücke, die immer undeutlicher werden, aber noch sichtbar sind.

»Zum Flugzeug geht es in diese Richtung. Folge meinen Spuren.«

»Gehen wir?« Er sieht mich an, erwartet eine Bestätigung. »Komm.«

Er dreht sich um und stapft auf die Kabine zu. Der Wind drischt mit neuer Heftigkeit auf uns ein, und die Luft ist so kalt, dass man kaum atmen kann. Paul geht voran und schützt mich mit seiner großen Gestalt ein wenig vor dem Wind, aber meine Zähne klappern trotzdem. Meine Kehle ist wund und ausgedörrt, mein Kopf schmerzt, und ich begreife zum ersten Mal, wie unglaublich durstig ich bin. Ich brauche Wasser. Ich lasse mich auf die Knie fallen, greife mir eine Handvoll Schnee und beginne ihn zu essen. Paul dreht sich um, will sehen, warum ich stehen geblieben bin, und streckt die Hand aus, um mir den Schnee aus den Fingern zu schlagen.

»Keinen Schnee essen!«, ruft er.

»Warum nicht?«

»Du sollst es einfach sein lassen«, sagt er schroff. »Es kann dich umbringen.«

Zum ersten Mal sehe ich ihn direkt an. Seine blauen Augen sind blutunterlaufen, wässrig und unnahbar. Mir wird bewusst, dass ich keine Ahnung habe, wer Paul ist. Er könnte ein Mörder oder Vergewaltiger sein oder ein Irrer. Bei dieser letzten Vorstellung muss ich kurz lachen. *Vielleicht ist er verrückter als ich.* Ich schaue zu Boden und versuche, keine Schwäche zu zeigen und mir meine Gefühle nicht anmerken zu lassen.

Zeig einem Psychopathen gegenüber niemals Anzeichen von Schwäche; das gibt ihnen nur einen zusätzlichen Kick.

»Tut mir leid«, sage ich.

»Bleib dicht hinter mir«, befiehlt er.

Er dreht sich um und stapft gegen den Wind an, wobei er sein Gesicht mit dem Unterarm bedeckt. Der Schneefall hat ein wenig nachgelassen, aber es ist kälter geworden, und der Wind peitscht noch immer grimmig und heftig.

Die Haare und der Schnodder in meiner Nase gefrieren, und ich habe Schwierigkeiten, die Augen offen zu halten, selbst mit der Schneemaske. Ich weiß nicht, wie er es schafft, Paul kämpft sich mit schnellen Schritten unbeirrt vorwärts, als stiefele er an einem Frühlingstag durch ein paar Pfützen. Wie stark der Wind auch bläst, er legt ein stetiges Tempo vor, das Gesicht starr nach vorn gerichtet.

Als wir uns dem Flugzeug nähern, hält er kurz inne und starrt auf den Kopf des Flugkapitäns.

»Es ist der Pilot«, flüstere ich und denke, dass Paul unter Schock steht, so wie ich, als ich den Schädel zum ersten Mal gesehen habe. Doch dann dreht er sich mit einem eigenartigen Grinsen im Gesicht zu mir um.

»Scheiße«, sagt er mit einem nervösen Lachen. »Das ist schlechtes Karma. Wenn der Bursche zuvor mit ganzem Kopf bei der Sache gewesen wäre, wären wir vielleicht nicht abgestürzt.«

Was für ein Arschloch, denke ich.

Ich wende mich ab, knie mich für eine Sekunde hin und tue so, als suche ich nach etwas, während ich versuche, wieder zu Atem zu kommen. Als ich aufschaue, ist Paul bereits zu dem aus dem Schnee ragenden Bein des Piloten weitergegangen. Ich will zu ihm hinrennen und ihn an den Schultern packen, ihn umdrehen und ihm ins Gesicht schlagen. Ihn daran erinnern, dass das Menschen sind, dass das Leben heilig ist, selbst wenn es einem meistens wie ein Haufen Scheiße vorkommt.

Aber ich weiß, dass es Zeitverschwendung wäre. Er würde mir ins Gesicht lachen. Aus genau dem Grund werden, so meint jedenfalls BS, so viele große Komiker drogensüchtig oder bringen sich um. Wenn alles im Leben ein Witz ist, dann hat nichts irgendeinen Sinn. Wenn es keinen Sinn gibt, warum soll man dann leben? Ihr versteht die Logik.

Ich beobachte Paul aus sicherer Entfernung. Er gräbt im Schnee um das Bein und den Leichnam herum. Nach einigen Minuten fördert er den kopflosen Körper zutage. Er öffnet die Jacke des Piloten, steckt die Hände in die Innentasche und zieht ein Päckchen Zigaretten heraus, das er sich in seine eigene Jacke stopft. Dann nimmt er die Fliegersonnenbrille des Piloten und hält sie hoch, als hätte er einen vergrabenen Schatz gefunden. Er setzt die Brille auf, dreht sich zu mir um und deutet mit einem Gesichtsausdruck auf die Brille, als wolle er sagen: »Na, wie sehe ich aus?«

Er widert mich an, aber ich halte den Mund. Ich muss es mit Paul aushalten, bis wir es geschafft haben, hier rauszukommen. Ich brauche ihn. Ich kann es mir nicht leisten, ihn vor den Kopf zu stoßen.

»Leider kein Feuerzeug. Wir brauchen ein Scheißfeuerzeug.«

Er schreitet weiter auf das Flugzeugwrack zu, und wir betreten es von der anderen Seite aus. Ich stehe da und sehe zu, wie sich Paul den gelben Rucksack greift. Ich hatte recht: Es ist seiner. Er öffnet den Rucksack, wühlt darin herum und zieht ein kleines schwarzes Notizbuch heraus. Er starrt es für einen Moment an, dann steckt er es in das Futter seiner Jacke und wirft sich den Rucksack über den Rücken.

»Das hatte ich ganz vergessen«, sagt er und zeigt auf seinen Rucksack. »Ich habe da drin nasse Streichhölzer. Damit kommen wir hin.«

Er schaut sich um, nimmt das Bild auf, das sich ihm bietet. Die auf beiden Seiten offene Kabine, der wirbelnde Wind. Es gibt hier keinen Schutz. Er sieht zum Himmel auf.

»Es wird dunkel – und das war's dann«, sagt er. »Wir werden hier verdammt noch mal erfrieren.«

»Nein«, widerspreche ich. »Im Heck ist eine Toilette. Da gibt es eine Tür.«

»Wo müssen wir hin?«

Ich deute in die Richtung, wo das Heck liegt. Er geht ohne jedes *Danke* oder *Entschuldige bitte* oder *Gute Arbeit!* an mir vorbei. Das Wort *Verachtung* trifft den tiefen, brodelnden Hass, den ich für Paul Hart entwickele, nur unzureichend.

Auf dem Weg aus der Passagierkabine entdeckt er Margaret, hält ihre Hand hoch und zeigt auf den Ring. »Was für ein Mordsklunker!«

Ich explodiere, kann meinen Zorn jetzt nicht mehr zurückhalten.

»Halt den Mund«, brülle ich. »Sie sind tot. Sie ist tot. Menschen warten auf sie.«

Paul zuckt kurz zusammen.

»Was?«

»Sie sind Menschen«, rufe ich. »Sie heißt Margaret!«

Paul steht reglos im Schnee, sieht mich nur an und ist anscheinend verblüfft über meine Wut.

»Sie sind kein Müll, den man durchwühlt und über den man lacht.« Ich klinge, als wolle ich mich rechtfertigen, was lächerlich ist.

Paul steht wie erstarrt da, dann blickt er auf Margaret hinunter, nimmt seine Sonnenbrille ab und sieht dann wieder mich an. Sein Blick ist leer.

»Tot ist tot. Sie ist nicht mehr hier.«

Ich versuche es noch einmal.

Er blickt nach oben, wie um die Existenz des himmlischen Jenseits anzuerkennen, obwohl ich mir keine Sekunde lang vorstellen kann, dass er auch nur einen Deut auf dieses Glaubenssystem gibt. Ich starre ihn einfach nur an, während mir Tränen in die Augen steigen. Ich empfinde eine Traurigkeit, die ich nicht einordnen kann. Ich kann mich nicht bewegen oder sprechen, und meine Knochen fühlen sich an, als würden sie zerfallen. Ich beginne unkontrolliert zu zittern, und mein Mund öffnet sich, aber es kommt nichts heraus. Warme Tränen fließen über mein Gesicht und gefrieren. Ich kann nur mit Mühe atmen, und dann wird mir schwindelig. Die Welt ist aus den Angeln gehoben, und für den Bruchteil einer Sekunde habe ich das Gefühl zu fallen.

Paul kommt auf mich zugesprungen, legt die Arme um mich und hält mich auf den Beinen. Er hält mich ganz fest, wie es mein Vater getan hat, als ich noch ein kleines Mädchen war.

»Ganz ruhig, Solis. Es ist gleich vorbei.«

Ich kann nicht glauben, dass das derselbe Typ ist, der eben noch Witze über den Kopf des Piloten gemacht hat.

Mein Körper hört nicht auf, unkontrolliert zu zittern. Paul drückt mich fester und fester an sich und flüstert dabei ständig: »Schön atmen … atmen … atmen«, bis ich mich wieder unter Kontrolle habe.

Und dann geschieht etwas Unerwartetes. Ich höre mich sprechen, und es ist nicht sarkastisch oder ausweichend, und kein Ärger oder Zorn spricht aus meiner Stimme, sondern Aufrichtigkeit.

»Ich sollte tot sein, nicht Margaret«, sage ich und deute auf ihren Leichnam.

»Hast du sie gekannt?«, fragt er.

»Nicht direkt«, antworte ich. »Ich meine, ein klein wenig. Sie hatte ein richtiges Leben: Sie war frisch verheiratet, und sie hatte Eddie, der sie über alle Maßen liebte.«

»Manchmal führt Glück dazu, dass man Schuldgefühle entwickelt«, murmelt Paul leise. »Du darfst dich nicht deshalb quälen, weil du immer noch hier bist.«

Er weiß nicht einmal, wovon ich rede, aber er hat das Richtige gesagt. All das Leben, auf das Margaret sich so freuen konnte, all das Leben, das ich zu zerstören und wegzuwerfen versucht habe. Nichts von alledem spielt eine Rolle. Ich bin diejenige, die Glück hatte. Sie war es nicht. Und jetzt fühle ich mich deshalb schuldig. Auf die gleiche Weise, wie ich mich schuldig gefühlt habe, weil ich lebte und mein Vater gestorben war. Warum sollen wir weitermachen, wenn die Menschen tot sind, die wir lieben?

»Gibt es denn gar nichts, was eine Rolle spielt?«, frage ich, während mir einige Tränen über die Wangen kullern.

Ich gucke ihn an, und ich schwöre, dass ich in seinen Augen Tränen aufsteigen sehe. Er schenkt mir einen eigentümlichen Blick, dann setzt er seine Sonnenbrille wieder auf.

»Geht's jetzt wieder?«, fragt er zum wiederholten Mal. Er will weiter.

»Ich sollte tot sein.«

»Ich verstehe.«

»Nein, tust du nicht. Ich habe gestern Abend versucht, mich umzubringen, in der Toilette, bevor das Flugzeug abgestürzt ist. Genau deshalb habe ich überlebt. Mächtig verkorkste Geschichte. So verkorkst wie ich.«

Ich weiß nicht, warum ich es ihm in diesem Moment einfach erzähle, auf einem verschneiten Friedhof voller Leichen, und ich weiß auch nicht, warum meine normalerweise undurchdringliche Stahlkammer plötzlich weit offen steht und ihm freien Einblick gewährt, aber so ist es nun mal.

»Wie meinst du das?«, fragt er. Ich kann seine Augen nicht sehen, aber sein Mund ist vor Kummer verzerrt, und seine Oberlippe zittert. Ich glaube, er versucht, etwas zu sagen – irgendwas –, um zu helfen, aber er findet nicht die richtigen Worte. Und dann auf einmal platzt es aus mir heraus.

»Ich habe in der Toilette angefangen, Pillen zu schlucken, dann ist das Flugzeug abgestürzt, und ich bin lebendig wieder aufgewacht. Ich sollte tot sein, aber ich bin es nicht. Sie sollte leben, aber sie tut es nicht.«

Paul steht da wie eine Statue, sieht mich an und durch mich hindurch und versucht, seine Gedanken, so schnell er kann, zu ordnen. Ich kann mir etliche dieser Gedanken vorstellen: *Heiliger Bimbam, ich bin auf einem Berg mit einer megadurchgeknallten Irren; versteck das Messer, sie könnte uns beide umbringen; lass sie nicht an die Minibar ran, falls wir sie finden.*

Aber er sagt nur: »Wenn du kein Glück gehabt hättest, wäre ich jetzt tot. Es geht nicht nur um dich.«

Sein Mund entspannt sich, und ein breites Lächeln gleitet über sein Gesicht, als sei er stolz darauf, soeben eine kleine philosophische Rettungsluke für mich konstruiert zu haben.

»Danke«, murmele ich.

Er legt die Arme noch einmal um mich und reibt mir den Rücken. Seine Arme geben mir das Gefühl von Wärme und erinnern mich daran, wie sehr ich friere.

»Mir ist so kalt«, sage ich schniefend. »Du musst ganz erfroren sein.«

»Bin ich«, bestätigt er.

»Dort entlang«, sage ich. Ich greife nach seiner Hand und ziehe. Schweigend gehen wir zum Heck des Flugzeugs.

17

Als wir den kurzen Weg zum Heck zurückgelegt haben, ist es fast dunkel. Wir öffnen die Tür und schlüpfen hinein. Es ist eng, aber wir schaffen es nebeneinanderzustehen, obwohl wir aufgrund der Schräglage gezwungen sind, uns an die Wand zu lehnen.

Paul sieht sich um.

»Hier ist es gut.«

Ich greife in meine Jacke und reiche ihm einen Energieriegel und die Chips. Er sieht alles nur mit einem verlegenen Blick an.

»Meine Hände sind zu taub. Ich kann das nicht aufmachen.«

Ich ziehe meine Fäustlinge aus, stecke ein Ende des Riegels in den Mund und reiße die Verpackung auf. Dann gebe ich ihn wieder Paul. Er hält den Riegel in seinen Handschuhen, beißt die Hälfte ab, dann drückt er mir den Rest in die Hand. Der Riegel ist halb gefroren, und wir haben alle Mühe, ihn zu kauen.

Paul zeigt auf die Chips, und ich reiße die Tüte auf. Wir schnappen uns beide eine Handvoll und schaufeln sie uns in den Mund. Ich merke sofort, dass das ein Fehler war, und Paul begreift es ebenfalls. Wir sehen einander an und versuchen, den halb gefrorenen, karamellartigen Energieriegel und die fettigen Chips zu kauen, und beginnen zu lachen. Wir mampfen und kauen und schmatzen, aber die riesigen Klumpen in unseren Mündern werden einfach nicht kleiner. Paul fängt an, übertriebene Kaubewegungen zu machen, und dann probiert er zu sprechen, was anscheinend unmöglich ist, wenn man Kartoffelchips und Energieriegel im Mund hat.

»Wwwwsser.«

»Was?«

Er macht eine Trinkbewegung, und ich schüttele ungläubig den Kopf.

»Gaaaar nichts?«, fragt er.

Ich schüttele abermals den Kopf. Meine Augen gewöhnen sich allmählich an das Schummerlicht, und ich sehe ihn zum ersten Mal genau an. Sein ganzer Körper zittert unkontrolliert. Ich nehme ihm die Sonnenbrille ab und berühre sein Gesicht. Zum ersten Mal fällt mir auf, wie wenig er anhat. Wenn er seine Jacke nicht hätte, wäre er tot. Trotzdem ist es keine dicke Jacke, auch wenn das täuschen kann.

Außerdem trägt er nur Jeans, und, soweit ich erkennen kann, unter der Jacke ein dünnes Flanellhemd.

»Mein Gott. Du bist ja völlig erfroren.«

Ich ziehe schnell die Kleider hervor, die ich für ihn unter meine Jacke gestopft habe, und reiche sie ihm.

Er sieht zuerst seine Stiefel an, dann mich.

»Kannst du sie mir aufschnüren?«

Ich ziehe meine Handschuhe aus, zerre an den Schnürsenkeln und löse die Knoten. Dann ziehe ich den Stiefel so weit auf, wie ich kann.

»Zieh dein Bein raus, und ich halte fest«, befehle ich.

Irgendetwas klemmt, aber schließlich rutscht sein Fuß heraus. Ich schnüre den nächsten Stiefel auf, und Paul befreit den anderen Fuß.

»Die Socken auch.«

Langsam schäle ich seine Socken herunter, nicht ohne dass Paul einige Male aufjaulen muss.

»Verdammte Scheiße, das brennt«, flucht er mit zusammengebissenen Zähnen.

»Tut mir leid«, sage ich. »Ich versuche, vorsichtig zu sein.«

Sein ganzer Körper ist rot gefroren, und als ich ihn berühre, erscheinen auf seiner Haut kleine weiße Flecken. Seine Kleidung ist feucht und klamm vom Schnee. Die Felswand hat ihn vor dem schlimmsten Unwetter geschützt, vor allem vor dem Wind, aber er hat stundenlang dort draußen gehangen und war der Kälte ausgesetzt.

»Meine Hose bitte auch«, sagt er und versucht immer noch, die Finger zu bewegen.

Ich schaue zu ihm auf. Seine Augen sind sanft, himmelblau. Ich nicke, als mache es mir überhaupt nichts aus. Ich habe noch nie einem Jungen die Hose ausgezogen, und ich hätte mir sicherlich nie träumen lassen, dass es unter solchen Umständen passieren könnte: auf dem Gipfel eines Berges, in der Toilette eines abgestürzten Flugzeugs, mitten im Schneesturm.

Ich lege meine Hände an seine Jeans. Da ist ein Gürtel, den ich lockere und dann aus der Schnalle ziehe. Ich öffne den Hosenknopf und mache den Reißverschluss auf. Ich lege die Finger um seine Hüfte und umfasse beide Seiten. Ich drehe den Kopf zur Seite und ziehe, so fest ich kann. Er hebt ein Bein, und ich ziehe das eine Hosenbein über seinen Fuß, dann das andere.

»Und die hier – sie ist patschnass«, sagt er und langt sich an die Rückseite seiner Unterhose.

Ich ziehe instinktiv meine Augenbrauen hoch und frage: »Meinst du wirklich?«

Er streckt mir seine Hände entgegen, und zum ersten Mal sehe ich, wie rot und geschwollen sie sind.

»Okay, entschuldige. Ich mach die Augen zu.«

Er lächelt und schüttelt den Kopf. »Tut mir leid hierfür. Das ist echt peinlich.«

Ich schließe die Augen, schiebe die Hand unter den Gummizug an seiner Hüfte und ziehe die Hose langsam herunter, bis er sie von seinen Beinen geschüttelt hat. Ich schnappe mir die langen Unterhosen und halte sie ihm auf, sodass er hineinschlüpfen kann, was er auch tut. Ich stehe auf und ziehe sie ihm über den Schritt. Ich wage einen unauffälligen Blick und spüre, wie sich die Röte in mein Gesicht stiehlt. Ich halte ängstlich den Blick gesenkt, da ich Angst habe, er könnte es bemerken.

Ich schnappe mir die trockene Jeans und wiederhole die ganze Prozedur. Als ich fertig bin, ziehe ich uns beiden trockene Wollsocken an.

Ich sehe zu, wie Paul mit unbeholfenen, geschwollenen Händen die Jeans über seine Socken zieht. Ich verspüre den Impuls, seine Hände zu berühren, was mich überrascht, weil sie so grob wirken. Ich gebe dem Impuls nicht nach. Stattdessen sehe ich ihm in die Augen, und er starrt zu mir herab.

»He«, sage ich.

»Danke«, antwortet er. »Wir sollten zusammen schlafen.«

»Wie bitte?«

»Entschuldigung, in dem Schlafsack meine ich natürlich. Wir haben hier einen leidlichen Schutz gefunden, aber unsere Körperwärme ist unser größter Aktivposten; und im Schlafsack können wir sie optimieren. Wenn es wieder hell ist, werden wir uns etwas anderes überlegen.«

»In Ordnung«, willige ich scheinbar gleichgültig ein. Innerlich brülle ich: *Oh Scheiße, Scheiße, Scheiße.*

Dann füge ich hinzu: »Ja, klingt absolut vernünftig.«

Wir klettern beide in den Schlafsack, und ich ziehe langsam

den Reißverschluss zu. Es ist kuschelig eng, und seine Vorderseite drückt sich an meinen Rücken. Wir passen ineinander wie zwei Halbmonde, die Seite an Seite liegen. Obwohl Paul nun trockene Kleider trägt, verströmt sein Körper eine Kälte, die zu ertragen unvorstellbar qualvoll sein muss. Seine Hände sind direkt vor mir, sodass ich sie eingehender betrachten kann. Seine rechte Hand ist rot und kalt, aber seine linke ist voller Prellungen und Schnittwunden. Beide wirken sie geschwollen und entzündet. Als würde er merken, dass ich sie anstarre, sagt er: »Ich werde jetzt meine Hände auf dich legen, okay? Ich brauche die Wärme.«

Langsam schiebt er die Hände unter meine Jacke und meinen Pullover, seine langen Arme umfangen mich, und dann legt er die Hände unter meine Arme. Blut schießt mir in die Wangen und vor unerwarteter Erregung wird mir ganz flau im Magen. Ich bin noch nie so berührt worden, und obwohl es wahrscheinlich rein platonisch gemeint ist, spüre ich etwas wie einen Stromschlag durch meinen Körper fahren.

»Ist das allzu schlimm für dich?«, fragt er. »Tut mir leid.«

»Es geht schon«, antworte ich. Aber seine Körperwärme tut gut, viel besser, als wenn ich allein in dem Schlafsack stecken würde. Instinktiv verschränke ich die Arme vor der Brust und lege meine Hände auf seine. Er ächzt vor Schmerz.

»Deine Hände sind nicht so zart, wie ich sie in Erinnerung habe«, flüstert er mir ins Ohr.

Mit einem Lächeln denke ich an unser erstes Gespräch.

»Ich kann gar nicht glauben, dass wir hier sind«, sage ich.

»Und ich kann nicht glauben, dass du schon nach einem Tag mit mir schläfst.«

»Okay, aber ich wiederum kann nicht glauben, dass du mich dein kleines Geheimnis wissen lässt«, sage ich.

»Welches Geheimnis meinst du, meine Philosophenfreundin?«

»Du fängst an, Witze zu machen, wenn du nervös bist, also macht es dich wohl nervös, mit mir einen Schlafsack zu teilen, was?«

Ich weiß, dass er lächelt – ich kann es in meinem Herzen fühlen. Für eine lange Zeit sagt er nichts. Wir liegen einfach nur auf der Seite da und lauschen auf den Wind und unsere Atmung. Unsere Füße sind gegen die Wand neben der Toilette gedrückt, und unsere Köpfe liegen weich auf unseren Mänteln.

»Danke«, flüstert er.

»Ich bin keine Philosophin«, flüstere ich zurück. »Ich meine, ich habe nicht Philosophie als Hauptfach. Ich habe gestern gelogen, also kannst du aufhören, mich so zu nennen. Bitte.«

Eine Pause erfüllt die Dunkelheit. Ich weiß nicht, woher ich all diesen Mut nehme, aber ich weiß, dass ich einen unkontrollierbaren Drang verspüre, nicht zu lügen. Von jetzt an nicht mehr. Nicht mehr lügen. Und Schluss.

»Ist gut«, sagt er. Und fügt nach einer Weile halblaut hinzu: »Aber ich merke sehr wohl, dass du zu viel nachdenkst. Manchmal ist handeln besser als denken, weißt du?«

»Nicht so recht«, erwidere ich.

Plötzlich küsst er mich auf den Kopf, auf eine brüderliche Weise, mehr nicht.

»Weißt du, das wollte ich die ganze Zeit schon tun, aber ich habe zu viel darüber nachgedacht.«

»Ganz schön clever«, sage ich.

»Nacht«, flüstert er.

Ich kauere in der Dunkelheit und denke über den Tag nach. Er war endlos und überaus anstrengend – als hätte ich in vierundzwanzig Stunden ein ganzes Leben durchlebt. Ich höre Paul leise schnarchen. Ich frage mich, was der morgige Tag bringen wird.

18

Ich wache auf. Etwas Licht dringt durch einen Spalt unter der Tür herein. Pauls Arme umklammern mich: Sein rechter Arm liegt unter meinem Körper und der linke ruht auf meiner Taille, mit der Hand fasst er direkt über dem Hüftknochen in meine Seite.

Ich habe über das Überleben in der Wildnis gelesen, und ich weiß, dass man in extremer Kälte Halluzinationen haben kann. Und nun ist hier ein Kerl um die zwanzig, der mit mir in Löffelchenstellung schläft, und so frage ich mich, ob es sich vielleicht tatsächlich um eine Halluzination handelt. Verliere ich den Verstand? Ich erwäge die Möglichkeit, dass ich in Wirklichkeit tot bin und das Ganze der Beginn eines unerwarteten jenseitigen Lebens ist. Ich hätte mir wohl kaum ein noch klassischeres Szenario zusammenspinnen können, als in den Armen eines hübschen Jungen zu erwachen.

Ich will mich nicht bewegen, aus Furcht, ihn zu wecken. Ich horche auf seinen Atem, der ruhig und gleichmäßig geht. Beim Ausatmen spüre ich die Wärme auf meinem Hals. Vielleicht kommt heute jemand und findet uns, und alles ist vorüber. Ich wünschte, ich hätte eine enge Freundin, der ich davon erzählen könnte. In der Anstalt gäbe es niemanden, außer Old Doctor. Ihm würde die Geschichte gefallen. Ich kann mir vorstellen, wie er sagt: »Jane, verstehst du jetzt? Du warst dort oben lebendig, im Angesicht des Todes. Die tollsten Sachen passieren, wenn du lebendig durch die Welt gehst.«

»Bist du wach?« Pauls Stimme ist rau und tief.

»Ja, warum?«

»Du hast Selbstgespräche geführt. Ich hab gedacht, du träumst vielleicht.« Er bewegt sich ein wenig, hebt den linken Arm und streckt ihn.

»Was habe ich gesagt?«, frage ich.

»Das willst du nicht wissen.«

Oh mein Gott!

»Bitte, erzähl es mir«, bettele ich.

»War nur Spaß.«

Danke, lieber Gott.

»Meine Hände fühlen sich schon besser an«, bemerkt er, während er die geprellten Finger seiner linken Hand bewegt. »Aber meine Kopfschmerzen bringen mich um.«

»Meiner tut auch weh«, sage ich.

»Wir sind dehydriert. Ausgetrocknet. Kopfschmerzen sind das erste Warnzeichen des Körpers. Wir müssen Wasser finden.«

Das ist zweifellos wahr, aber was mich im Moment wirklich beschäftigt, ist, dass ich ganz dringend pinkeln muss. Mir wird bewusst, wie bizarr meine Situation ist. Ich teile buchstäblich eine Toilette mit einem Typen, den ich, in Echtzeit gemessen, vor vielleicht dreihundert Wörtern kennengelernt habe. Klar, wir haben gemeinsam einen Flugzeugabsturz überlebt, und ich habe ihm das Leben gerettet, und irgendwie haben wir wohl zusammen geschlafen, was vielleicht ein so starkes Band zwischen uns geschaffen hat, das die Ewigkeit überdauern wird. Doch der Gedanke, vor ihm zu pinkeln, ist für mich trotz allem absolut undenkbar.

»Am liebsten würde ich für immer so liegen bleiben«, flüstert er.

»Warum flüsterst du?«

»Was meinst du?«

»Du flüsterst, und wir sind allein, irgendwo mitten im Nirgendwo, in einer Toilette.«

»Du hast recht«, stimmt er mir zu, dann brüllt er laut: »Niemand kann uns hören, oder?«

Keine Halluzination: Er ist immer noch genauso nervig wie bei unserer ersten Begegnung. Aber ich kann nicht umhin, manche seiner Macken charmant zu finden.

Er beugt sich vor und zieht den Reißverschluss des Schlafsacks auf.

»Wir sollten die Gegend erkunden. Und ich muss wirklich ganz dringend aufs Klo«, vertraut er mir an.

»Ich auch. Und zwar hier.«

Wir stehen beide da, er nach vorn gekrümmt und ich an das Waschbecken gelehnt, und sehen uns einen langen Moment an.

»Ich werde nicht vor dir pinkeln«, stelle ich klar.

»Verstehe.«

Er steigt in seine Stiefel und schnürt sie zu. Er zieht die Tür auf und schaut zu mir zurück. »Lass dir nicht zu lange Zeit, es ist bitterkalt hier draußen.«

Er tritt hinaus ins Licht und macht die Tür zu. Ich weiß, dass er immer noch alles hören kann, und Zuhören ist fast noch schlimmer als Zusehen. So oder so, ich habe auf einmal so was wie Lampenfieber.

»Sing etwas«, rufe ich.

»Was?«

»Ich sagte, du sollst etwas singen, damit du mich nicht pinkeln hörst.«

»Das ist lächerlich.«

»Sing, oder ich werde nicht pinkeln.« Ich fange an, mit dem Fuß gegen die Tür zu treten. »Und ich werde dich nicht hereinlassen.«

Er räuspert sich und stimmt dann ein Lied an. *»Every cheap hood strikes a bargain with the world, ends up making payments on a sofa or a girl ... Death or glory, just another story ...«*

Ich pinkle sofort los – das herrlichste Gefühl der Erleichterung, das ich je im Leben verspürt habe. Als ich fertig bin, nehme ich den Fuß von der Tür, stehe auf und bringe meine Kleider in Ordnung. Dann öffne ich die Tür einen Spalt, um anzudeuten, dass ich fertig bin. Paul springt schnell herein und drückt die Tür zu. Wir stehen einander gegenüber. Ganz dicht. Mein Scheitel reicht ihm nur bis zum Kinn, das voll schwarzer und stoppeliger Haare ist.

Ich blicke in seine blauen Augen.

»Es ist sehr kalt«, bemerkt er.

»Hätte ich nicht gedacht.«

»Wie sarkastisch du sein kannst.«

»Stimmt.«

»Nun ja, es ist nicht einfach kalt. Es ist bitterkalt. Zweistellige Minusgrade. Mindestens. Kälter als kalt.«

»Das sagt mir absolut nichts«, gebe ich zurück.

»Willst du es genau wissen?«

»Ja, will ich.«

»Also gut«, murmelt er. »Meine Pisse – sie ist in dem Moment gefroren, als sie den Schnee berührt hat. Es ist eiskalt. Die Temperaturen müssen in der letzten Nacht um zwanzig, dreißig Grad gefallen sein.« Er hält inne. »Und der Wind wirbelt den Schnee und das Eis herum, es fühlt sich an wie fliegende Nadeln im Gesicht.«

»Bald wird uns bestimmt jemand finden, was meinst du?«

»Ich würde mich nicht darauf verlassen.«

»Aber sie müssen wissen, dass wir abgestürzt sind. Es werden immer Leute gefunden, wenn sie abgestürzt sind.«

»Nicht in einem Schneesturm und auf einem Berg in der Bob-Marshall-Wildnis«, sagt er. »Selbst wenn sie wüssten, wo wir sind, könnten Tage oder gar Wochen vergehen, bis Bergsteiger hier oben ankommen … Bei dieser Menge Schnee kann es Wochen, vielleicht Monate dauern, bis man uns findet.«

»In der Bob- was?«

»In der Bob-Marshall-Wildnis. Es gibt keine Straßen. Nur vierhundert Quadratkilometer Berge, und ich nehme an, wir sind irgendwo mittendrin gelandet.«

»Wie können wir von hier wegkommen?«

»Ich weiß noch nicht genau. Aber hier werden sie uns nie finden«, meint er sehr ernst.

»Wenn du mir Angst machen willst, musst du dir schon was Besseres einfallen lassen«, erwidere ich und denke dabei an die Schnittwunden und das Blut und den Schmerz, all die Dinge, die mich überhaupt erst nach Life House gebracht haben. Sich selbst dabei zu beobachten, wie man langsam stirbt, und nichts dagegen zu tun, klingt für mich nur allzu vertraut. Der Tod durch Erfrieren scheint mir da im Grunde sogar eine ziemlich simple Sache zu sein.

»Weißt du, was passiert, wenn man an Dehydrierung stirbt?«

»Ich glaube schon.« Jetzt fängt er doch an, mir Angst zu machen, weil ich solchen Durst habe. Mein Speichel klebt mir wie Kleister an Zunge und Wangen.

»Gut, so sieht es also aus: Du kannst Schnee essen und erfrieren, oder wir können hierbleiben und verdursten.«

»Gibt es keine dritte Möglichkeit?«

»Das Flugzeug. Wir müssen es gründlich durchsuchen und uns jeden Tropfen Wasser, jeden Brocken Essen und jedes Stück Ausrüstung, das wir finden können, unter den Nagel reißen.«

»Und danach?«

»Das werden wir entscheiden, wenn es so weit ist.«

19

Überfluss wäre wohl kaum das richtige Wort, um zu beschreiben, was wir beim Durchstöbern des Gepäcks (ich) und der im Flugzeug verbliebenen Leichen (Paul) gefunden haben. Wir haben vier Schokoriegel gefunden, eine Packung Kaugummi (von der altmodischen Art mit Zucker), Hustensirup, Schlaftabletten (die hat Paul eingesteckt), Paracetamol-Schmerztabletten, ein Feuerzeug, einige Plastik-Mülltüten aus dem Imbiss-Service (um unsere Sachen trocken zu halten), zwei leere Limoflaschen aus Plastik (Paul sagt, wir werden sie mit Schnee füllen, den wir im Laufe der Zeit mit unserer Körperwärme zu Wasser schmelzen), eine Erste-Hilfe-Ausrüstung, jede Menge Handys ohne Empfang, einen Kaffeebecher mit Motiv aus den Sawtooth Mountains, eine Campinglaterne, eine Sonnenbrille für mich. Und einen zweiten Schlafsack, der, wie ich sofort erkenne, das Ende meiner sehr kurzlebigen körperlichen Erfahrung mit dem anderen Geschlecht bedeutet.

Ich folge Paul zurück zum Heck des Flugzeugs. Wir haben den Wind nun im Rücken, daher kommen wir gut voran. Wir bleiben draußen stehen. Zum ersten Mal ist die Sicht klar genug, dass wir unseren Unterschlupf von außen in Augenschein nehmen können. Das Heck des Flugzeugs ist weitgehend unversehrt geblieben. Der kleine Flügel auf der rechten Seite des Hecks hat sich in den Schnee gebohrt, und der linke Flügel ragt in einem Fünfundvierzig-Grad-Winkel in die Luft. Das Seitenruder zeigt in den Himmel und ragt über die Felskante, wie der obere Teil eines zerbrochenen Kreuzes, das den Ort eines winterlichen Grabes anzeigt.

Ich werfe einen Blick auf die Tür der Toilette – sie ist in der Mitte des nun freiliegenden Kreisbogens, der einst nahtlos mit der Passagierkabine verbunden war, schräg zur Seite gedrückt. Das Metall drum herum ist übel in Mitleidenschaft gezogen worden. Ich stelle mir vor, es hätte eine Stimme und brülle nun vor Schmerz darüber, erbarmungslos von seinem Körper abgerissen worden zu sein. Verzogen und in der Mitte leicht eingedellt, verkörpert diese Tür die hauchdünne schützende Linie zwischen der Wildnis und uns.

Paul drückt die Toilettentür auf und fängt an, all die Sachen anzuordnen, die wir im Rumpf des Flugzeugs gefunden haben. Ich mache ein paar Schritte hinter das Heck und plötzlich schlägt mir ein giftiger Geruch von verschüttetem Flugzeugbenzin entgegen. Der Schnee ist von einem bläulich grünen Schimmer durchtränkt, der hinter dem Flugzeug seine Spur zieht. Der Wind, vermute ich, muss die Dämpfe von unserer Toilettenkabine weggeweht haben. Ich halte mir schnell Mund und Nase zu, aber der Gestank ist stechend, und die Kombination aus Hunger, Durst und Dämpfen überwältigt mich. Ich beginne zu schwanken, und plötzlich ist Paul da und hält mich am Unterarm fest.

»He – du darfst dieses Zeug auf keinen Fall einatmen. Es kann dich umbringen.«

»Tut mir leid«, murmele ich.

»Das ist auch einer der Gründe, warum wir nicht hierbleiben können. Wenn der Wind dreht, müssen wir Tag und Nacht Kerosindämpfe einatmen.«

Ich nicke, doch ich bin zu schwach, um die Aussage »Wir können nicht hierbleiben« zu verarbeiten. Die Worte hallen in meinem Inneren wider, aber ich bin nicht in der Lage, mich ihnen oder Paul zu stellen.

Paul führt mich zurück und öffnet die Tür.

»Du zuerst«, sagt er.

Ich trete hinein, und Paul hat alles wie ein kleines Nest für uns eingerichtet. Mir geht das Herz auf. Er klettert hinter mir herein, und es ist jetzt noch enger als zuvor. Er ist so groß, und das Heck liegt so schräg und ist so vollgestopft, dass wir uns nur zusammen an die Wand lehnen können, in einer halb liegenden, halb stehenden Position.

Wir mummeln uns in den Schlafsack, und dann reicht mir Paul einen mit Schnee gefüllten Kaffeebecher. Wir betrachten den Rest unserer Beute, den ich auf dem Boden ausgebreitet habe: zum größten Teil bestehend aus Schokoriegeln, die ich alle auf einmal als ein einziges Mittagessen zu mir nehmen könnte. Aber es ist alles, was wir haben, und wir müssen es uns gut einteilen.

»Halt den Becher gerade«, fordert er mich auf.

Er nimmt die winzige Campinglaterne, zerbricht das Glas oben um die Flamme herum und zündet sie an. Sie liefert so gut wie keine Hitze, aber Paul stellt die Tasse direkt über die Flamme und schmilzt so den Schnee.

»Warum essen wir den Schnee nicht einfach?«

»Wie ich schon sagte, das würde dich umbringen. Wir laufen bereits jetzt Gefahr, uns zu unterkühlen. Wenn wir Schnee essen, wird unsere Körpertemperatur noch weiter absinken. Später werden wir den Schnee in den Limoflaschen mit unserer Körperwärme schmelzen, aber wir brauchen das Wasser jetzt. Das ist viel wichtiger als Essen.«

Wir warten schweigend lange Zeit, während der Schnee zu Matsch wird und der Matsch zu Wasser. Als der Becher voll ist, nippe ich an dem warmen Wasser. Es ist der Himmel auf Erden. Ich habe noch nie im Leben etwas so Köstliches getrunken. Ich sehe Paul an, als er seinen ersten Schluck nimmt, und weiß sofort, dass er das Gleiche denkt wie ich, nämlich dass es ihm so vorkommt, als sei er noch nie zuvor wirklich durstig gewesen. Genauso wenig habe ich je richtig zu schätzen gewusst, wie wunderbar Wasser ist. Ich muss lachen, wenn ich an die Tage in der Anstalt denke, als ich so depressiv war, dass der bloße Gedanke daran, etwas zu trinken oder zu essen, mich noch depressiver gemacht hat. Das kommt mir jetzt unvorstellbar vor.

Wir warten darauf, dass noch mehr Wasser schmilzt. Es geht quälend langsam voran. Aber jeder warme Schluck fühlt sich im Mund und in der Kehle an wie ein Becher voll Himmel. Wir betrachten einander und verstehen, dass jeder kleine Schluck heilig ist, nicht für selbstverständlich genommen werden darf.

Dann beginnt die Flamme zu flackern, einige Minuten lang, und erlischt. *Scheiße* ist alles, was ich denken kann. Pauls Miene ist ernst.

»Wie lange?«, frage ich, den Blick auf unsere letzte Tasse Wasser gesenkt.

»Tja, wer weiß das schon?«

»Grob geschätzt?«

»Erst wenn das Wetter umschlägt, vorher nicht. Ich würde auf mindestens zwei oder drei Wochen tippen.«

Ich denke an all die Nachrichtenmeldungen über Flugzeugabstürze und muss unwillkürlich an Dinge wie GPS und die Blackbox denken.

»Sollten sie nicht in der Lage sein, uns mit irgendeiner Art von Radar oder so zu finden?«

»Wie im Fernsehen? So funktioniert das nicht. Wir sind in den Bergen und es schneit. Es liegen wahrscheinlich über vierhundert Kilometer zwischen uns und dem, was wir Zivilisation nennen würden.«

»Aber trotzdem«, beharre ich. »Heute kann man doch alles finden.«

»Letztes Jahr ist, ich glaube, es war irgendwo nicht weit von hier, ein zweimotoriges Flugzeug mit vier Passagieren abgestürzt. Im Sommer. Sie haben fast einen Monat gebraucht, um das Wrack zu finden. Ich denke, sie können vermutlich bestimmen, dass es irgendwo hier in der Gegend sein muss, aber ›hier in der Gegend‹ liegt unter einer Schneedecke, umringt von Nadelwäldern und dreißig Meter unter dem Gipfel eines abgelegenen Berges.«

Nachdem er geendet hat, sitzen wir schweigend da. Ich weiß nicht, was ich sagen oder denken soll. Ich will einfach nur glauben, dass wir gerettet werden, aber Pauls Stimme klingt so klar und rational. Er wird es schon wissen, oder?

»Und die Menschen, die damals abgestürzt sind?«, frage ich.

»Beim Aufprall hoffnungslos zerquetscht«, antwortet er trocken. »Wir haben ihnen in dieser Hinsicht immerhin noch etwas voraus.«

Zwei Wochen mit vier Schokoriegeln und einer Tasse geschmolzenem Wasser, für die das Butan in der Laterne noch gereicht hat. Ich überschlage unsere Chancen, und das Ergebnis gefällt mir nicht.

»Können wir es schaffen?«

»Vielleicht, vielleicht auch nicht. Zwei Wochen sind eine lange Zeit.«

»Wir sind hier ein wenig geschützt, aber wir sind zu sehr versteckt – ist es das, was du denkst? Dass es uns hier zwar sicher vorkommt, wir dort oben aber besser dran wären?«, frage ich und deute zum Berggipfel.

»Ja, du hast recht. Aber es wird schwer sein, dort hinaufzukommen. Denkst du, du bist dem gewachsen? Das wird eine ziemlich haarige Kletterpartie.«

»Ich will leben«, erwidere ich, und es klingt irgendwie nach verkehrter Welt. Mein Gott, ich muss ihm wie eine totale Irre vorkommen. Ich wende den Blick ab und lasse ihn über unseren kleinen Raum schweifen. Paul muss meine Verlegenheit spüren, denn er drückt freundschaftlich meinen Arm.

»Das sehe ich.«

Ich nicke. Ich war zu Paul ehrlicher als vielleicht zu jedem anderen Menschen auf der Welt. Ich denke an all meine Sitzungen mit Old Doctor zurück, und ich weiß, dass ich ihm nie erzählt habe, dass ich um jeden Preis meinen Schalter umlegen wollte. Als ich es versucht habe, bevor ich in die Anstalt kam, wollte ich wirklich Erfolg haben. Für eine Sekunde sehe ich mich selbst, wie ich vor zwei Nächten in der Flugzeugtoilette stehe, das Schicksal in meiner Hand. Ich hätte nie auf einen Flugzeugabsturz gehofft, und auch wenn es mich viel trauriger macht, dass andere gestorben sind, bin ich sehr dankbar für diese zweite Chance.

»Es tut mir leid«, sagt er.

»Was tut dir leid?«

»Das mit dem Kopf. Du weißt schon, das Gewitzel. Es war nicht komisch. Ich fand es auch gar nicht komisch. Ich wusste nur nicht, was ich sonst tun sollte. Wenn ich nervös bin, sage ich dumme Sachen.«

Ich reibe eine seiner Hände und halte sie dann einfach fest. Tief in meinem Herzen glaube ich, dass dies der echte Paul ist. Unter all der künstlichen Fassade steckt ein Junge mit einem guten Herzen, der einfach Angst hat, er selbst zu sein. *Aber warum?*, frage ich mich. *Es wird gut ausgehen, glaube ich. Alles wird gut werden.*

20

Ich erwache aus einem tiefen, traumlosen Schlaf. Ich fühle mich körperlich müde und schlapp, aber geistig fit und wie neu geboren. »Der Schlaf der Gerechten«, pflegte mein Großvater zu sagen. Ich war bei meiner Familie für meine erstaunliche Schlaffähigkeit bekannt, und ich konnte mit einem einzigen Nickerchen den ganzen Tag verpennen. Doch ich habe mich nie gut ausgeruht gefühlt, nur depressiv, träge und leer.

Durch eine Ritze in der Tür fällt Licht. Mein Körper ist noch immer erschöpft, aber der kleine Lichtpunkt zieht mich magisch an. Ich greife hinter mich, um Paul zu berühren, da bemerke ich, dass er nicht da ist.

Für einen Moment gerate ich in Panik, und der Gedanke, er könnte mich zurückgelassen haben, lässt mein Herz rasen. Schnell drehe und winde ich mich in unserem winzigen Kämmerchen hin und her. Ich brauche etwa eins Komma drei Sekunden, um mich in der Flugzeugtoilette (auch unser Überlebensbunker genannt) umzusehen: Kloschüssel: anwesend; Waschbecken: anwesend; Vorräte: anwesend; Paul: nicht anwesend.

Dann entdecke ich einen Zettel, der an einer Wollmütze lehnt, die sorgfältig zwischen der hinteren Wand und der Kloschüssel positioniert ist. Der untere Rand des Zettels ist in den umgeschlagenen Saum der Mütze gesteckt, sodass sie aussieht wie ein altmodischer Briefständer. Der mit schwarzer Tinte in typisch männlicher Krakelschrift beschriftete Zettel besteht aus einem kleinen Stück herausgerissenem Papier. Das Papier ist dick und leicht strukturiert, als stamme es aus einem Tagebuch oder einem teuren, altmodischen Notizbuch. Ich greife danach und lese.

Solis – bin auskundschaften – bleib, wo du bist – komme dich holen. P.

Unter der Mütze erspähe ich eine Ecke des kleinen schwarzen Buchs, das Paul während unseres gestrigen Plünderzugs in das Futter seiner Jacke gesteckt hat. Eine Erinnerung flackert durch mein Hirn, und ich sehe wieder seinen etwas kummervollen Gesichtsausdruck, als er das Büchlein kurz betrachtet hat. Ich greife danach, und obwohl mir meine innere Stimme eindringlich verbietet, es zu öffnen und so neugierig zu sein, in seine Privatsphäre einzudringen, mir einfach Zugang zu etwas zu verschaffen, was ihm heilig ist – erliege ich der Versuchung. Es schien ihm solchen Kummer bereitet zu haben, begründe ich vor mir selbst mein Verhalten, vielleicht kann ich ihm ja helfen. Schließlich bin ich, rede ich mir ein, erfahren in der Kunst der Psychologie. Nur ein flüchtiger Blick, ein paar Informationen tanken und dann die Diagnose – an die sich vielleicht gar eine Heilung anschließen könnte. *In jedem Fall sollte ich mehr über ihn wissen,* überlege ich. *Schließlich könnte er sonst wer sein.*

Ich befühle zuerst den Einband. Das schwarze Leder ist glatt und abgegriffen. Ich öffne den Buchdeckel. In die Innenseite des Ledereinbands ist ein Name geritzt, der jedoch durchgestrichen wurde. Trotzdem kann man ihn noch erkennen: *Will Hart. Für Paul* steht in blauer Tinte darunter.

Im Buch steckt ein Foto, das Paul und, wie ich annehme,

Will zeigt. Sie sehen aus wie Zwillinge, aber Will ist offensichtlich etwas älter als Paul. Das Bild wurde in einem Krankenhauszimmer aufgenommen, und Will trägt blaue Krankenhauskleidung. Pauls Gesicht wirkt traurig und niedergeschlagen und gleichzeitig sehr gefasst. Ich drehe das Foto um, und in der oberen rechten Ecke steht: *Wills achtzehnter Geburtstag.*

Die Seiten des Tagebuchs sind leer und kleben so aneinander, als wären sie noch nie umgeschlagen worden. Ich blättere mit dem Daumen durch das Büchlein und suche nach irgendwelchen Spuren, aber da ist nichts.

Ganz hinten versteckt finde ich einen Brief, der auf etwas geschrieben ist, das mein Großvater Zwiebelhautpapier genannt hätte. Das Papier ist dünn und praktisch durchsichtig. Damals, in der Zeit vor E-Mails und SMS, hat man dieses Luftpostpapier benutzt, um bei Briefen ins Ausland Geld zu sparen. Mich wundert, dass es dieses Zeug überhaupt noch gibt.

Ich öffne den Brief und lese.

Paul,

ich habe Dad gebeten, dir diesen Brief nach meinem Tod zu geben. Ich kann nicht glauben, dass ich tot bin. Ich kann nicht glauben, dass ich das gerade geschrieben habe. Ich wette, du kannst nicht glauben, dass du das gerade gelesen hast. Ich wünschte, ich hätte dir etwas zu sagen, Paul, wie im Film. Da hat der Tote immer etwas zu sagen. Aber ich ziehe bloß Nieten. Ich bin froh, dass wir uns immer gut verstanden haben. Wir waren verschieden, aber wir waren immer Brüder. Ich weiß, dass Dad ein Idiot ist auf seine großartige Idiotenart. Er kapiert's einfach nicht. Ich weiß. Ich hab dich das tausendmal sagen hören. Und weißt du, was er tausendmal zu mir gesagt hat?

Paul kapiert's nicht, er ist ein kompletter Schwachkopf. Nun ja, ihr seid beide verfluchte Schwachköpfe. Tu es für Johnny, Paul. Du weißt, was ich meine. Tu es für mich. Sei für mich Dads Freund. Ich liebe dich, Kleiner.

Mach's gut,
Will.

P. S. Hab dich doch noch drangekriegt.

Poch, poch. Mein Herz rast.

»Bist du angezogen? Darf ich reinkommen?«

Ich stecke den Brief schnell zurück, schließe das Buch und lege es wieder genau an die Stelle, an der ich es gefunden habe. Ich tue so, als hätte er mich gerade geweckt.

»Ja, ja, Entschuldigung, alles klar. Komm rein.«

Paul drückt die Tür auf, schließt sie hinter sich und tritt dann behutsam neben mich.

»Schlafen ist gut, aber wir haben nur für begrenzte Zeit Tageslicht. Lass uns aufbrechen.«

»Wohin?«

»Den Berg hinauf auf das Hochplateau, wo wir gesehen werden können. Es schneit nicht mehr – das Wetter ist umgeschlagen. Jetzt ist unsere beste Gelegenheit.«

»Nein. Ich kann nicht.«

Ich kann vermutlich wirklich keinen Berg hinaufklettern, aber was mir im Moment tatsächlich schwer auf der Seele liegt, ist etwas anderes: Ich bin schlicht und ergreifend einfach nicht in der Lage, etwas ohne einen Plan zu tun. Gerade haben wir uns hier noch ein Nest eingerichtet, und jetzt will er auf einen Berg klettern. Ich spüre, wie sich in mir wieder das alte Gefühl der Lähmung breitmacht, das mich all die Jahre gequält hat.

Beweg dich einfach nicht, Jane. Wenn du dich nicht bewegst, wird nichts geschehen, und das ist besser, als wenn etwas Unerwartetes geschieht.

»Doch, du kannst. Und du wirst auch, es sei denn, du willst allein in einer Klokabine sterben.«

Er schließt die Tür, und im leisen Echo hallt eine Art Einsamkeit wider, die genauso beängstigend ist wie das Erklettern eines Berges.

Der undankbare Macho in ihm ist zurückgekehrt.

»Warte!«, rufe ich. »Gib mir eine Minute, dann komme ich.«

Ich reiße mich zusammen und schaue kurz in den Spiegel. Hübsch ist es nicht, was ich da sehe, aber, he, die Konkurrenz hier oben hält sich ja wohl in Grenzen.

Paul steht wartend da, Seile und Klettersachen um die Schultern geschlungen. Mit seiner Sonnenbrille und seiner Ausrüstung sieht er ein wenig aus wie ein Krieger vor der Schlacht.

»Lass uns die Sache kurz bereden«, schlage ich vor.

»Ich werde keine Zeit mit Gerede verschwenden. Lass uns gehen. Wenn wir es nicht tun, werden wir hier unten sterben. Sie werden uns nicht vor dem Frühling finden.«

»Hattest du nicht etwas von zwei oder drei Wochen gesagt?«

»Schau doch mal.« Er zeigt nach oben. »Das Flugzeug ist auf einem Felsvorsprung tief in einem steilen Tal in einem dichten Wald gelandet. Sie werden uns hier unten nie entdecken, und solange sie uns nicht sehen, werden sie keinen Bergsteiger in diese gewaltige, unwegsame Eiswüste schicken. Wir müssen uns sichtbar machen.«

»Aber muss das wirklich jetzt sein?«

»Gutes Wetter ist in dieser Höhe eine Ausnahme, Jane. Es könnte für eine Woche oder noch länger unsere einzige Chance sein.«

»Gibt es keine andere Möglichkeit?«

Er schüttelt den Kopf und dreht sich zu einem Berghang um, der einige Hundert Meter hinter dem Flugzeug emporragt. Die ersten dreißig Meter wirkt er nicht ganz so steil wie der Rest der Talwand, aber dann wird er in der Nähe der Gipfellinie sehr steil und die letzten drei Meter sogar überhängend. Es sind diese letzten drei Meter, die mir Bauchschmerzen bereiten.

»Da kann ich nicht raufklettern«, sage ich.

»Lass den Quatsch. Natürlich wirst du das«, erwidert er grob.

»Ich bin nicht du.«

»Nein, aber du wirst hier sterben, wenn du nicht kletterst.«

»Nett von dir.« Ich schnaube.

»Es ist eine Tatsache.«

»Es gibt keine Tatsachen«, rufe ich. Ich werde unsicher und habe das Gefühl, ihm in die Falle gegangen zu sein. »Du weißt auch nicht mehr als ich. Wir könnten in einer Stunde gerettet werden oder wegen deiner dummen Tatsachen da oben an der Steilwand sterben.«

Pauls Augen beginnen erregt zu funkeln. Und dann ist sein Blick wieder eiskalt.

»Dann stirb. Ist mir doch egal. Ich werde jedenfalls nicht hier sitzen und auf den Tod warten. Das ist nicht mein Stil.«

Mein Herz verkrampft sich, Tränen steigen mir in die Augen. Ein dicker, trauriger Frosch sitzt mir im Hals. Kaltherziger Drecksack. Ich hasse ihn. Ich hasse ihn mehr als jedes Wesen, dem ich je im Leben begegnet bin, eingeschlossen meinen Vater, den ich gehasst habe seit dem Tag, an dem er mich verlassen hat. Ich zeige auf die Oberkante der Steilwand.

»Lass mich nicht zurück, Paul«, schluchze ich. Und dann falle ich in den Schnee auf die Knie. Er steht für eine Weile neben mir, während ich weine.

»Willst du, dass ich dich zurück in die Klokabine bringe?«, fragt er.

Ich nicke.

»Das mache ich auf gar keinen Fall. Deine verdammten Seelenklempner würden das tun, nicht wahr? Dich bestärken? So nennt man das doch, stimmt's? Nun, das mag in einer Klinik funktionieren, wo sie dir zu essen geben und sich um dich kümmern. Aber nicht hier. Stillstand ist Tod.«

Ich höre in Pauls Stimme die Stimme von Old Doctor widerhallen. Ich höre auf zu weinen und sehe erst ihn und dann den Berg an.

»Diesen Überhang schaffe ich nie.«

»Du hast nur Angst davor, weil du so was noch nie gemacht hast. Du wirst es schaffen.«

»Ich habe keine Angst. Ich kann mir einfach nicht vorstellen, dass es möglich ist.«

Paul schaut zu der Stelle auf, wo die Wand überhängt. »Das da oben? Oh, das ist einfacher, als spazieren zu gehen. Du kannst doch gehen, oder?«

Sarkasmus. Das ist seine ganze Antwort – ein dummer Witz. Wie kann es sein, dass ein Typ in einer einzigen Sekunde von absolut umwerfend zu total bescheuert wechseln kann?

»Ich gehe als Erster. Falls ich also abstürze und sterbe, kannst du dich an meinen Überresten satt essen, bis Hilfe eintrifft.«

Er grinst mich an.

»Ich steh nicht auf gedörrtes Hammelfleisch.« Ziemlich lahme Retourkutsche, aber was Besseres fällt mir nicht ein.

»Mich zu beleidigen ändert auch nichts.«

Ich stehe trotzig da. Er sagt nichts, und dann schaut er zum Berg auf, als mache er sich Gedanken über die Kletterroute.

Aber gerade als ich denke, dass ich ihm ein wenig den Wind aus den Segeln genommen habe, feuert er zurück.

»Glaub ja nicht, ich würde dein kleines Geheimnis nicht ebenfalls kennen, Solis. Du willst lieber aufgeben und ein Opfer sein als kämpfen und verlieren. Es ist einfacher, an Daddys Schulter zu heulen, nicht wahr?«

»Du kannst mich mal!«, brülle ich. »Mein Vater ist tot. Und er war ein Scheißkerl, genau wie du.«

Ich dränge mich an ihm vorbei. Ich kann ihm nicht ins Gesicht sehen. Ich starre zu der überhängenden Felskante hoch und versuche, mir Mut zu machen. Es kommt mir vor, als würde ich direkt auf das Ende meines Lebens zumarschieren. Wie soll ich es jemals da hinaufschaffen?

Warum es überhaupt erst versuchen, denke ich. Die Stimme von Old Doctor hallt in meinem Kopf wider: »Weil es das ist, was uns ausmacht. Wir zwingen dem Leben eine Bedeutung auf.«

Tief in mir drin macht mir etwas anderes zu schaffen. Dieses Wort: *Opfer.* Paul hat mich damit getroffen wie mit einem kleinen Dolch. Ich kann dieses Wort nicht ausstehen, aber ich spüre, dass eine gewisse Wahrheit darin liegt. *Scheiß auf den Kerl – was weiß der schon!*

»Gehen wir«, sage ich und setze mich in Bewegung.

21

Wir sprechen kein Wort, als wir am Fuß der Steilwand ankommen. Die Temperaturen liegen leicht über null, aber es ist bewölkt, und die tief hängenden Wolken schweben nur knapp überm Tal. Ich spüre die Sonne hinter den Wolken, sie wirft ein leicht unheilvoll wirkendes Licht darüber. Der Rückenwind schiebt uns ein wenig nach vorn, und der einzige Schnee in der Luft ist der, den wir aufgewirbelt haben. Wir könnten uns keine besseren Bedingungen wünschen, zumindest nicht hier im Gebirge.

Ich blicke den Steilhang empor und stelle fest, dass trotz der bisher überwundenen Entfernung die Kletterroute weder weniger steil noch kürzer geworden ist. Ich möchte heulen oder Paul anflehen, umzudrehen, aber ich kämpfe den Drang nieder. Diese Genugtuung werde ich ihm nicht geben. Keine Tränen mehr vor diesem Mistkerl. Denn mehr als das wird er ab sofort nicht mehr für mich sein. Ein Mistkerl.

»Hör zu«, blafft er schließlich, nachdem er eine gefühlte Ewigkeit lang mit den Seilen herumgespielt hat. »Ich werde uns nach oben führen. Hier ist dein Seil. Zieh es durch deine Gürtelschlaufe.«

Ich nehme das Seil, ziehe es durch die Schlaufe an meinem Rücken, dann binde ich einen Knoten.

»Das hält dich nicht, wenn du stürzt«, sagt er.

Ich sehe ihn an, und mein Blick sagt so viel wie: *Dann sag mir halt, wie ich es machen soll, du Depp.*

»Zieh das Seil vorne durch und führe es durch alle Schlaufen, wie einen Gürtel. Dann fädle es noch mal durch die letzte Schlaufe und mach ein paar Knoten. Das wird dich halten. Du bist sowieso federleicht, mehr braucht es da nicht.«

Nun, wenigstens das hat er bemerkt. Ich ziehe das Seil durch die Schlaufen, binde Knoten, dann nicke ich.

»Na los, auf geht's«, sagt er und hebt die Hand, um mit mir abzuklatschen.

»Abklatschen?«, frage ich. »Ich werde sterben und du willst mit mir abklatschen?«

Er schaut für einen Augenblick belämmert drein, dann sagt er: »Entschuldige. Ich wollte dir nur Mut machen. Denk doch an gestern. Du warst unglaublich. Sei heute auch wieder unglaublich.«

Ich schaue ein letztes Mal den Berg hinauf, um mir meine Situation klarzumachen. Weil die Wand in diesem Bereich steil ist, hat sich dort weniger Schnee angesammelt. Das könnte sich in den nächsten Monaten ändern, aber ich beginne zu erkennen, wie klug Paul diese Stelle gewählt hat. Nach ungefähr dreißig Metern steilen Bergaufstapfens steht uns eine etwa fünf bis sieben Meter lange Kletterroute zu einem kleinen Felsvorsprung bevor.

Sobald wir es bis zum Vorsprung geschafft haben – das heißt, wenn ich die dreißig Meter den eisigen Berghang hinauf und die dann folgende kurze Kletterei über die Felswand überstehe – erwartet uns, wie ich von hier gut sehen kann, ein Überhang von etwa drei Metern, als hätte die Natur selbst ihn dort hingesetzt, um alle, die in dieses Tal eingedrungen sind, daran zu hindern, es je wieder zu verlassen. Sobald wir diese Hürde überwunden haben, sind wir aus der Talleiste heraus und oben auf dem Berg. Dort werden wir vielleicht – *vielleicht* – einfacher zu finden sein.

Paul reicht mir zwei dreißig Zentimeter lange und etwa zwei oder drei Zentimeter dicke Stöcke, die an einem Ende zu einer scharfen Spitze geschnitzt sind.

»Fürs erste Stück. Mach's mir einfach nach. Pass auf.«

Er rammt seinen rechten Stock in den Schnee, der fest und vereist, aber nicht undurchdringlich ist. Seine Stiefel sind mit ihren scharfkantigen Stahlkappen besser als meine zum Klettern im Schnee geeignet, und auch mit ihnen tritt er fest in den Berg hinein. Dann jagt er seinen linken Stock etwa fünfzig Zentimeter weiter oben in den Untergrund. So beginnt er, den Berg hinaufzuklettern, ein Körperteil nach dem anderen, langsam, aber mit bemerkenswerter Präzision.

Er dreht sich um und sieht mich an.

»Komm schon. Steig in meine Fußstapfen, aber mach dir eigene Löcher mit den Stöcken. Du schaffst das.«

Alles ganz einfach. Du musst nur einem ausgebildeten Bergsoldaten jede Bewegung genau nachmachen. Ich beginne, die Richtigkeit dieser Entscheidung infrage zu stellen. Ich beginne, dieses ganze euphorische Hochgefühl infrage zu stellen, das mich seit dem Absturz erfasst hat, ein Adrenalinrausch, der mich immer wieder über die letzten achtundvierzig Stunden getragen hat.

»Komm schon, Jane. Ich kann nicht höher steigen, wenn du nicht nachkommst.«

Als Kind – bevor mein Vater starb – wurde ich mehrmals zu Geburtstagspartys in Indoor-Kletterhallen eingeladen, und ich fühlte mich immer zu Höhen hingezogen. Ich war ein geborenes Klettertalent und berauscht von dem, was ich für die todesmutigsten Klettertouren hielt. Mit alledem war es vorbei, als er starb. Ich hole tief Luft und versuche mich an einer Technik, die ich in der Klinik von einer Frau namens Dr. Morris gelernt habe. Sie sagte mit Vorliebe: »Stellen Sie sich die Person vor, die Sie gern sein würden.« Ich wandle ihre Worte ein wenig ab und versuche, mir mein jüngeres, wagemutigeres Ich vor Augen zu führen. Ich sehe meinem jüngeren Ich dabei zu, wie es einer Spinne gleich die Wand hinauftanzt, leicht und überall haftend, wo es erforderlich ist.

Ich stoße die linke Fußspitze in das erste von Paul getretene Loch, lehne mich gegen den Berg und ramme gleichzeitig meinen rechten Stock über mir in den Schnee. Der Hang wird nur allmählich steiler, er trägt meinen Körper, und die Stöcke, die Paul geschnitzt hat, geben mir Gleichgewicht und festen Halt. Ich ziehe den rechten Stiefel aus dem Schnee und suche erneut das Trittloch von Pauls Fuß. Herrgott Jesus, ich klettere. *Nicht nach unten schauen*, sage ich mir. *Schau nicht nach unten.*

Er bewegt sich schnell und entschlossen die ersten zwanzig Meter hinauf. Auf halbem Weg nach oben bleibt er stehen, schaut zu mir herunter und reckt den Daumen hoch. Ich nicke auf nahezu unmerkliche Weise, rein instinktiv, schließlich ist jeder Energieaufwand Verschwendung, wenn die aufgewendete Energie nicht in diese Kletterpartie fließt.

Paul wendet sich wieder dem Berg zu und bewegt sich zwei bis drei Meter weit nach rechts, Hand über Hand, Fuß über Fuß, seitwärts statt in gerader Linie bergauf. Als ich die gleiche Stelle erreiche, sehe ich vor mir einen großen Block aus steinhartem Eis. Es ist gefrorenes Wasser, das vom Überhang darüber getropft ist. Ich schaudere eine Sekunde lang und frage mich beklommen, wie weit genau sich dieses Eis nach oben fortsetzt, und ob nicht der Überhang selbst vollkommen vereist sein könnte.

Pauls zur Seite ausweichende Schritte sind lang, und ich habe Schwierigkeiten, die Beine weit genug zu spreizen, um in seine Fußstapfen zu treten. Ich spüre, wie mein Herz unter meiner Jacke hämmert. Meine Ohren summen, während mir mein Blut durch die Adern schießt, und ich bilde mir ein, ganz genau zu fühlen, wie mein Herz all mein Blut durch meine Venen und Arterien pumpt. Irgendetwas an der Seitwärtsbewegung führt mich in Versuchung, nach unten zu schauen, und als ich ihr nachgebe, steigt eine Woge von Schwindelgefühl in mir auf, und die Welt dort unter mir wird seltsam in die Länge gezogen. Ich drehe den Kopf wieder zum Berg zurück, aber es ist zu spät. Ich muss würgen, Galle steigt mir in den Mund. Ich spucke in das Eis vor mir.

»Ich stecke fest«, schreie ich.

»Nein, tust du nicht.«

Mein Körper verweigert mir den Dienst. Ich kann mich nicht bewegen. Ich kann nicht denken. Ich weiß nur noch, dass ich noch nie ein anderes menschliches Wesen so vermöbeln wollte, wie ich jetzt Paul Hart verprügeln will.

»Ach, richtig, du bist ja ich! Weißt ganz genau, wie sich das im Moment hier für mich anfühlt.« Schon die Klettertour hat mich aus der Fassung gebracht, aber mein Zorn auf Paul lässt mich jetzt noch heftiger zittern.

»Nein, aber ich weiß, dass du es schaffen wirst«, ruft er. Der Ton seiner Stimme klingt aufrichtig und positiv. Er versucht, mir Mut zu machen.

»Ich kann nicht. Ich kann wirklich nicht«, rufe ich zurück. Ich will kein Opfer sein, aber ich stecke fest und habe Angst. Wieder schaue ich in die Tiefe. Wir müssen mindestens zwanzig Meter über dem Boden sein. Der Hang ist so steil, dass ich mich frage, wie wir überhaupt so weit gekommen sind.

»Ich werde das Seil fester spannen und dir ein wenig Hilfestellung geben. Bei drei musst du einen großen Schritt machen.«

»Ich kann nicht«, schreie ich.

»Eins …«

»Nein.«

»Zwei …«

»Ich kann nicht!«, brülle ich erneut und spüre, wie mein Gesicht rot aufglüht, als ich die Stimmbänder strapaziere.

»Drei.«

Das Seil zwischen uns ist plötzlich ganz straff, ich fühle, wie mein Gewicht angehoben wird, strecke den rechten Fuß aus und finde ein neues Trittloch, und wiederhole das Gleiche mit dem linken Fuß. Ich höre völlig auf zu denken, Fuß für Fuß gleite ich über den Berghang, bis ich Pauls neue Route erreicht habe.

Ich blicke zu Paul auf, der mich hinter seiner verchromten, verspiegelten Sonnenbrille beobachtet, ohne mich erkennen zu lassen, was in ihm vorgeht.

»Was war das denn eben?«, brüllt er zu mir herunter.

»Was?«

»Kannst du oder kannst du nicht?« Er lacht. Drecksack. Dieses Arschgesicht aus Cambridge. Ich richte meinen Blick auf den Berg und reagiere nicht. Meine Beine brennen, als würde Säure durch meine Schenkel gepumpt, meine Arme fühlen sich weich und wabbelig an, als seien sie aus Knete. Ich spüre, wie sich der Zweifel in meinem Gehirn breitmacht, also atme ich ein paarmal tief durch und konzentriere mich wieder. *Jage die Zweifel zum Teufel, Jane. Sie haben nichts zu bieten und nehmen alles.*

Wir steigen weiter nach oben, und als Paul den ersten Vorsprung unter dem Überhang erreicht, zieht er mich, während ich klettere, am Seil hoch, was das Klettern für mich sehr viel leichter macht. Als auch ich den kleinen Vorsprung erreicht habe, lege ich mich auf den Rücken und starre für einige Minuten in den Himmel hinauf. Meine Brust hebt und senkt sich heftig, und mein Herz rast. Größtenteils vor Anstrengung, aber mich erfüllt auch ein gewisser Stolz.

»Nicht schlecht«, lobt Paul. »Gar nicht schlecht, wirklich.«

Er blickt die Wand hinab, die wir gerade erklommen haben, und dann zum nächsten Aufstieg empor. Ich richte mich auf, rutsche dann an den Rand und lasse die Beine hinunterbaumeln.

»Wow. Danke«, erwidere ich und versuche, unseren Ärger aufeinander irgendwie zu überspielen.

»Dank dir selbst.« Er streicht mir spielerisch über die Mütze und dreht sich dann zur Felswand um. Er schaut hinauf, und ich folge seinem Blick. Unser einziger Weg führt direkt nach oben.

22

Wenn es eine steile Wand wäre, für die man einen Kletterhammer und diese großen Nägel benötigt, wie sie die Bergsteiger verwenden, säßen wir für immer auf diesem Felsvorsprung fest. Aber als ich die Felsplatte vor uns genauer betrachte, sehe ich, dass sie nicht glatt ist, sondern voller Risse, Falten und Stoppeln, wie das Gesicht eines alten Mannes.

Paul legt seine Hände auf den Fels und massiert den Stein. Er blickt hinauf und nach links, dann nach rechts, versucht, die genaue Aufstiegsroute vorauszubestimmen, die Folgen jeder möglichen Wegwahl zu durchdenken. Zum ersten Mal seit einer ganzen Weile schaue ich in den Himmel und sehe, dass das trübe Leuchten der Sonne hinter den Wolken jetzt direkt über uns ist. Der Felsüberhang, an den ich gar nicht zu denken wage, ist ebenfalls direkt über uns und wird es wohl für den Rest des Tages bleiben. Wenn jetzt ein Sturm aufkäme, gäbe es weder nach unten noch nach oben einen Fluchtweg. Wir würden mit Sicherheit hier oben sterben.

Paul schiebt die Spitze seines rechten Stiefels in eine Felsspalte und streckt dann die linke Hand nach oben. Mit einer katzenähnlichen Bewegung springt und zieht er sich hoch. Zack, zack, zack, kriecht er den Fels hinauf. Blitzschnell hat er die Hälfte der Wand erklommen, mir kommt es vor, als seien nur einige Sekunden vergangen. Er schaut zu mir herunter, streckt seine flache Hand aus und bedeutet mir, dass ich bleiben soll, wo ich bin.

Ich beobachte ihn ehrfurchtsvoll. Er studiert den Fels wie eine Karte. Es sind vielleicht noch drei Meter bis zum nächsten Sims, aber es könnte genauso gut ein Kilometer sein. Er stößt den rechten Stiefel in einen Riss im Fels und greift dann geschmeidig nach oben und packt mit der linken Hand eine Ausbuchtung im Stein. Vorsichtig stellt er den linken Stiefel auf ein kleines grasbewachsenes Stück Fels, und dann hebt er den rechten Stiefel und drückt die Sohle gegen die glatte Steinwand, wobei sein Schwung ihn für einen Moment dort festhält. Er springt flink wie ein Affe auf und packt die Felskante über ihm. Er nimmt schnell die rechte Hand nach oben und hängt an beiden Armen vom Sims herab.

Für einen Moment presse ich alle Luft aus meinen Lungen. Er baumelt mindestens dreißig Meter über dem Erdboden, über dem sicheren Tod, wenn er abstürzt.

Wenn er abstürzt, denke ich völlig selbstsüchtig, *bin ich hier oben verloren.* Ich begreife, vielleicht zum ersten Mal in meinem Leben, dass mein Überleben aufs Engste mit dem Überleben eines anderen Menschen verbunden ist. Ohne ihn werde ich sterben. Mit ihm besteht Hoffnung. Ich kann mir nicht vorstellen, dass er dasselbe über mich denkt, aber andererseits wäre er ohne mich in einem Flugzeugsitz an einer Felswand erfroren.

Er zieht sich hoch, ächzt – und schreit dann – vor Anstrengung. Er rollt über die Felskante und verschwindet aus meinem Blickfeld. Einige Sekunden später spähen seine verspiegelten käferartigen Sonnenbrillengläser zu mir herunter, und er ruft: »In Ordnung. Denk bloß nicht darüber nach. Handle einfach nach Gefühl.«

»Das ist aber nicht mein Ding. Man nennt mich auch Miss Ober-Planerin und ich bin Weltmeisterin im Besser-noch-mal-drüber-schlafen«, schreie ich hinauf. Ein kleiner Scherz in einem schwierigen Augenblick ist gar nicht so verkehrt, stelle ich überrascht fest.

Er reckt den Daumen hoch und grinst. »Sieh mal einer an, wer jetzt plötzlich vor lauter Panik die Witze reißt.«

Dann ruft er mir zu: »Ich werde dich hochziehen. Klettere einfach nur immer weiter, selbst wenn du ausrutschst.«

Es ist erheblich einfacher, sich von seinem Gefühl leiten zu lassen, wenn man weiß, dass es nicht schlimm ist, wenn man es vermasselt. *Klettere einfach nur immer weiter, Jane. Das ist der Schlüssel.*

Ich wende mich der Wand zu und drücke die Spitze meines Stiefels an der gleichen Stelle in den Riss im Fels wie Paul zuvor. Zur Rückversicherung schaue ich noch einmal nach oben. Paul ist nicht zu sehen, aber ich weiß, dass er irgendwo dort oben ist, gegen einen Felsen gelehnt, um mehr Halt zu haben. Ich spüre, wie eine Welle des Glücks in mir aufsteigt. Paul klemmt hinter einem Felsen, er wird nicht loslassen. Er wird mich hochziehen, wenn ich falle. Was ich auch tue, wir werden einen Weg finden. Wir werden hier rauskommen.

Ich springe auf und greife mit den Fingern meiner linken Hand in den Fels hinein. Ich sehe Pauls Steigroute jetzt deutlich vor mir. Meine rechte Hand folgt der linken und bekommt schnell eine Ausbuchtung im Fels zu fassen. Meine Beine sind plötzlich voller Kraft und springen von einer Spalte zur nächsten. Meine Hände scheinen aus Eisen zu sein, und ich packe den Fels mit einem festen Griff, von dem ich gar nicht wusste, dass ich ihn besitze.

Ich erreiche den Punkt in der Mitte des Felsens, wo Paul innegehalten hat, und höre für einen Moment auf zu klettern. Ich spüre, wie das Seil an mir zieht, und nehme die linke Hand, um meinerseits zurückzuziehen. Das Seil wird schlaff. Ich stehe reglos da, atme tief durch und schaue bewusst nicht nach unten.

»Du bist große Klasse, Jane!«

Ich blicke auf, und diese Käferaugen sehen mich an.

Ich schaue die Wand hinauf. Ich kann nicht die gleiche Route nehmen, die Paul für die drei verbliebenen Meter genommen hat. Seine Arme sind lang, und seine Sprungkraft sowie die Stärke seines Oberkörpers übertreffen meine Fähigkeiten bei Weitem. Ich sehe einen Spalt in der Wand, der von meiner Höhe in einer blitzförmigen Zickzacklinie bis nach oben führt. Das Problem ist, dass er sich noch fast drei Meter rechts von mir befindet.

»Wenn ich es nicht dort hinüber schaffe« – ich strecke beim Rufen die Hand aus –, »kannst du mich dann halten?«

»Ja. Warte, bis ich dreimal am Seil ziehe. Das bedeutet, dass ich so weit bin.«

Ich recke den Daumen hoch und warte. Alles ist still, bis auf den Wind. Er heult um uns herum: ein leises, furchtbar hallendes Geräusch, das von Fels zu Fels hüpft. Einsam und verlassen streift er durchs Tal. Ich weiß, warum dieses einsame Lied schon zuvor seinen Weg in mein Herz gefunden hat, warum mir diese reine Schönheit der Einsamkeit selbst zum Freund werden konnte. Sie ist verführerisch und süß, vielleicht süßer als alles, was zwei Menschen miteinander teilen können. Ich kann noch immer ihren Ruf hören, aber ich will ihm nicht mehr folgen. Ich habe nur noch die vor mir liegende Aufgabe vor Augen, die darin besteht, mich drei Meter nach rechts zu bewegen, ohne mich umzubringen.

Eins. Zwei. Drei. Paul zieht an dem Seil. Ich spüre, wie es sich um meine Hüfte spannt, stoße mich von der Wand ab und fliege eine Sekunde durch die Luft, weg von der Erde und weg von ihrer Schwerkraft. Dann knallt mein Körper wieder gegen die Wand. Ich kralle mich Halt suchend an den Fels. Meine Hose spannt sich, und die Schlaufen um mein Seil werden arg strapaziert. Ich höre, wie eine der Gürtelschlaufen reißt, und begreife plötzlich eins: Wie stark Paul auch sein mag und wie sehr er sich auch gegen das Seil stemmt, wenn die Schlaufen oder das Seil nicht mitmachen, bin ich am Arsch.

Meine linke Hand findet zuerst Halt. Ein kleiner Felsvorsprung, den meine Finger zu fassen bekommen, wird zu meinem Rettungsanker. Ich drücke mich fest an die Wand, konzentriere mich auf Zeigefinger, Mittelfinger und Ringfinger. Ich werfe einen raschen Blick den Felsspalt hinauf, der einen knappen Meter rechts von mir und ein Stück über meiner Schulter verläuft. Ich greife mit der rechten Hand zu und kralle meine Finger in den Spalt, wo seine Zickzacklinie über die Felswand gelaufen kommt. Ich prüfe die Festigkeit meines Griffs, und ziehe mich dann schnell hoch. Meine Füße scharren immer noch Halt suchend über den Fels, aber da Paul oben zieht, können sie warten. Ich greife mit der linken Hand nach oben und ziehe mich den Spalt hinauf.

Unvermittelt findet mein rechter Fuß eine Felsspalte, und ich klettere los. In Sekundenschnelle steige ich mit Pauls Hilfe nach oben, die Wand hinauf und dem Sims entgegen. Ein kleiner Felsvorsprung ragt ein wenig heraus, und ich komme nicht an ihm vorbei. Paul zieht kräftig, aber das drückt mich nur umso mehr gegen den Fels.

»Stopp! Hör auf zu ziehen!« Ich schreie, so laut ich kann, damit er mich hört.

Das Seil bleibt gespannt, aber das Ziehen hört auf.

»Ich sitze fest«, rufe ich, »unter einem Felsvorsprung.«

Ich kann hören, wie Paul ganz langsam zur Felskante vorrückt, wahrscheinlich aus Angst, hinabgezogen zu werden und mit mir gemeinsam in den Tod zu stürzen.

»Jane?«

Er ist nicht weit von mir weg, aber wegen des Felsens kann ich ihn nicht sehen.

»Ja?«

»Dein Seil hängt fest. Es ist irgendwo im Fels eingeklemmt. Deshalb kannst du nicht auf das Sims hinaufsteigen.« Seine Stimme ist ruhig. »Wir müssen es durchschneiden.«

Das Seil durchschneiden. Er hätte genauso gut sagen können: *Jane, wir müssen dir das Herz aus dem Leib schneiden.* Panik überkommt mich.

»Ich werde fallen!«

»Nein, wirst du nicht. Halt dich gut fest und gib mir Bescheid, wenn das Seil dich nicht mehr trägt.«

Ich klammere mich so fest, wie ich kann, bis ich im Innersten spüre, dass ich es bin, die meinen Körper an diesem Berg festhält. Nicht Paul. Nicht Gott. Kein Seil. Nur Jane.

»Fester kann ich nicht mehr zupacken«, rufe ich schließlich. Meine Stimme überschlägt sich. »Ich habe Angst, Paul!«

»Ich schneide es jetzt durch. Es wird nicht mal eine Minute dauern. Länger musst du nicht durchhalten. Das kriegst du hin. In ungefähr dreißig Sekunden wirst du links von dir meine Hand sehen. Pack fest zu, und ich ziehe dich hoch. Vertrau mir. Ich werde dich nicht loslassen.«

»Okay.« Ich sage es so leise, dass er mich sicher nicht hören kann.

»Keine Minute«, verspricht er.

Ich klammere mich mit aller Kraft fest. Ich denke wieder an meine Engel, als würde ich mit einem Flugzeug abheben. *Hal-*

tet mich fest, bitte ich. *Haltet mich, damit ich auf dieser Welt bleibe.* Ich denke an meinen Großvater und meinen Vater und meinen Cousin.

Ich stelle mir vor, wie sie ihre Hände auf meinen Rücken legen, wie sie mich gegen den Berg drücken. Plötzlich komme ich mir ganz leicht vor.

»Jane, du wirst das Seil selbst durchschneiden müssen. Ich finde von hier oben nicht den richtigen Winkel.«

Seine Hand erscheint mit dem Messer. Ich strecke meinen Arm aus und packe es mit der Rechten.

»Du kriegst das hin«, wiederholt er.

Ich kann nicht einmal die Energie aufwenden, die es für eine Antwort gebraucht hätte.

Das Seil ist straff gespannt. Ich drücke die Schuhspitzen in den Fels und meine linke Hand umklammert ihn so fest, wie es geht. Ich nehme das Messer, lege den gezackten Rand auf das Seil und beginne zu sägen. Ich presse den Kopf buchstäblich in die Bergwand, während ich säge, und versuche, den Rest meines Körpers so reglos wie möglich zu halten. Die Klinge ist scharf, und obwohl das Seil dazu gemacht ist, nicht durchzuscheuern, bahnt sich das Messer seinen Weg. Als ich bei den letzten Fasern angelangt bin, stelle ich noch einmal sicher, dass meine Position halbwegs stabil ist, und durchtrenne das Seil dann endgültig.

Es reißt, und mein Gewicht verlagert sich mehr, als ich es erwartet habe. Für eine Sekunde schwanke ich. Im gleichen Moment erfasst mich der Wind, und mein linker Fuß bewegt sich einen Millimeter. Reflexartig fährt meine rechte Hand durch die Luft, und ich lasse das Messer fallen. Ich klammere mich mit beiden Händen fest, und meine Füße scharren am Fels, versuchen, Halt zu finden. Ich schaue hinunter und sehe meine Stiefel, die Wand und dann gut dreißig Meter Leere.

»Nimm meine Hand! Nimm meine Hand!«

Ich höre Paul rufen. Ich schaue nach rechts, und da ist sie, vielleicht dreißig Zentimeter vor mir. Meine linke Hand beginnt abzurutschen, und ich rudere wild mit der rechten, hinüber zu Pauls, und wir ergreifen einander, gerade als meine linke den Halt verliert. Ich baumle an einem Arm über dem Abgrund. Pauls Riesenhand packt mich, aber wir schweben mitten in der Luft. Er hält mich mit all seiner Kraft, doch er kann mich nicht hochziehen und über das Sims wuchten.

»Deine Füße, Jane, du musst Tritt fassen!«

Meine Füße sind ein ganzes Stück von der Wand entfernt und baumeln wild durch die Luft. Ich greife mit der linken Hand hinauf und erwische einen kleinen Felsabsatz oben auf dem Sims. Ich ziehe, so fest ich kann, und plötzlich scheint es, als könnten wir beide zusammen, Paul und ich, die Schlacht gewinnen. Ich spüre, wie sich mein Körper Zentimeter für Zentimeter nach oben bewegt. Paul schreit wie ein wildes Tier und gibt alles, was er hat. Und dann schlägt meine Brust auf die Felskante, und ich werfe das rechte Bein hinüber und rolle auf den Sims.

Ich stoße einen Schrei aus und hämmere auf den Boden. Es kommt mir so vor, als müsse mir das Herz aus der Brust springen, so heftig wummert es. Paul robbt zu mir, rollt mich herum und legt den Arm um mich, so fest er kann. Als das Klingeln in meinen Ohren abebbt, merke ich, dass er mir etwas zuflüstert.

»Es ist alles gut, alles gut, alles gut.«

Ich schluchze und denke daran, wie nah ich dem Tod war, wie nah ich dran war, Paul mit mir über diese Felswand hinab in die Tiefe zu ziehen. Wir liegen eine ganze Weile so da, halten einander einfach nur fest und atmen tief durch.

»Ich habe das Messer fallen lassen«, sage ich schließlich.

»Ich weiß. Es war das Einzige, was du tun konntest.«

Ich habe inzwischen begriffen, dass wir das Schlimmste immer noch nicht hinter uns haben. Uns steht noch ein weiterer Überhang bevor, den wir vorher von unten gar nicht sehen konnten. Aber Paul lächelt, als er nach oben blickt. »Sieht doch gut aus. Endlich haben wir mal Schwein.«

23

Als ich von meiner Position auf dem winzigen Felssims zu dem aufragenden Überhang hinaufschaue, von dem ich mir nicht einmal vorstellen kann, dass ein Klettermeister ihn erklimmen kann, geschweige denn ein körperliches Wrack wie ich, durchflutet mich ein Glücksgefühl. Und zwar genau in dem Moment, als auch ich entdecke, dass der Überhang in zwei unterschiedliche Felsstücke gespalten ist.

»Du meinst, dass wir einfach durch den Spalt hindurchklettern können statt von außen um den Überhang herum?«

»Du stellst dich auf meine Schultern, und dann schiebe ich deine Füße hoch, bis du Halt findest und dich hochziehen kannst«, erteilt mir Paul seine Anweisungen, während er den Spalt inspiziert. Ich reagiere nicht, und er wendet seine Aufmerksamkeit wieder mir zu. »Alles klar?« Ich nicke.

»Und was passiert dann?«, frage ich.

»Du wirst mich hochziehen oder irgend so was«, sagt er. »Wir werden uns etwas überlegen.«

»›Irgend so was‹ klingt nach einem tollen Plan«, gebe ich zu bedenken.

»Bisher hat's funktioniert.«

Ich weiß nicht, wie er so leben kann. Planlos. Instinktgesteuert. Es macht mich verrückt, aber ich beiße mir auf die Zunge.

Paul kniet sich hin, und ich trete auf seine Schultern und kralle mich an seinen Händen fest. Er steht auf und umklammert meine Knöchel. Ich greife nach oben und ertaste den unteren Rand der Spalte, bis ich mit der linken Hand einen Halt finde. Ich versuche, mich hinaufzuziehen, habe aber nicht die Kraft, so weit zu kommen, dass meine Füße Tritt fassen können.

»Es ist zu hoch«, sage ich.

»Warte«, ächzt Paul, und nun legt er seine Hände unter meine Stiefel und drückt mich mit aller Kraft nach oben. Ich strecke und recke mich, bis meine linke Hand das obere Ende der Felswand zu fassen bekommt und mein rechter Stiefel Tritt findet. Ich stemme mich kräftig ab, und Paul versetzt mir einen letzten Schubs. Ich hieve mich über den oberen Rand, lande hart auf dem Felsboden und ziehe hastig die Beine nach.

»Ich hab's geschafft«, brülle ich.

»Bleib, wo du bist.«

In Minutenschnelle ist Paul die Wand hinaufgeklettert und springt dann mühelos den Spalt empor, als hangele er sich eine Turnstange hinauf. Als er den breiten Rand der Spalte erreicht, zieht er sich hoch und ist oben.

Er steht auf und lässt den Blick über das Tal schweifen. Auf seinem Gesicht liegt ein breites Lächeln.

»Nicht schlecht, Solis.«

Er setzt sich neben mich, legt die Hand um meine Schultern und zieht mich an sich. Mein Kopf fällt auf seine Schulter.

»Ja, nicht schlecht, Hart.«

Er sucht mit den Augen die Umgebung ab und schaut dann hinter uns. »Nicht direkt das, was ich mir erhofft hatte.«

Auch ich blicke mich um. Mir wird flau. Ich bin mir nicht sicher, ob es für das, was ich sehe, der richtige Ausdruck ist, aber ich nenne es einen falschen Gipfel.

Wir sind umringt von Bergkuppen, die viel höher sind als die, auf der wir stehen. Solange die Sicht nicht kristallklar ist, kann uns ein Suchflugzeug unmöglich entdecken.

»Hier können wir nicht gefunden werden, oder?«, frage ich.

»Du meinst lebend?«

»Natürlich.«

»Unwahrscheinlich.«

Er legt sich auf den Rücken und sieht hinauf.

»Wir müssen einen geschützten Ort finden, bevor die Sonne untergeht.«

Ich sehe mich um und schaue dann zur Sonne hinauf oder jedenfalls dorthin, wo sie sein sollte. Ich kann nicht glauben, dass wir all diese Strapazen durchgemacht haben, und sich unsere Situation trotzdem nicht im Mindesten verändert hat. Außer der Tatsache, dass wir noch nicht mal mehr unsere Klokabine als Zuflucht haben. Ein kalter Wind bläst mir ins Gesicht, und ich drehe mich um und lehne mich an Pauls Brust, um mich zu schützen.

»Flipp jetzt bitte nicht aus«, flüstert mir Paul ins Ohr.

»Keine Sorge.« Ich setze mich wieder auf. »Es ist der Wind, er hat mich überrascht.«

Paul richtet sich auf, legt beide Arme um mich, zieht mich fest an sich und küsst mich auf den Kopf.

»Das Schlimmste haben wir jetzt hinter uns«, sagt er. »Schau.«

Ich schaue aber nicht, denn ich weiß, dass das Zurückblicken schon an sich etwas Bedrückendes ist.

Ich habe es die Steilwand hinaufgeschafft, und das macht mich froh, aber ich habe immer noch schreckliche Angst vor dem, was uns bevorsteht. Wenn ich mich jetzt auch noch damit auseinandersetzen muss, dass mich diese halsbrecherische Klettertour fast das Leben gekostet hätte, werde ich mich unweigerlich in ein völlig aufgelöstes Nervenbündel verwandeln.

»Ich habe Angst«, sage ich aufrichtig.

»Ich habe mir da unten fast in die Hosen geschissen. Es ist okay, Angst zu haben.«

»Genau das sagen sie mir immer.«

»Wer ist ›sie‹?«, fragt Paul.

»Leute.«

»Du meinst Ärzte?«

»Ja, Ärzte, Eltern, Freunde und neuerdings komische Typen, die ich auf Berggipfeln kennenlerne. Aber alle sagen sie mir auch, ich solle herumspazieren, als gäbe es nichts, wovor ich mich fürchten muss. Und dann fallen sie tot um oder irgend so etwas.«

»Ich entschuldige mich für meine Stichelei von wegen Daddys Mädchen.«

»Konntest du ja nicht wissen.«

»Es ist komisch, wie Leute eines Tages einfach tot umfallen. Meine Mum starb, als ich zehn war. Ich erinnere mich an den Duft ihres Haares. Erdbeeren. Das ist mir von ihr am deutlichsten im Gedächtnis geblieben.«

»Mein Dad hat sich in den Kopf geschossen. Ich sehe nur Blut, wenn ich an ihn denke. Er hat ›Old Spice‹-Aftershave benutzt. Blut und Old Spice. Das ist es, woran ich mich erinnere.«

Wir stehen für eine Weile einfach so da, und jeder denkt über die Erlebnisse des anderen nach. Wir sind so verschieden und uns doch so ähnlich, denke ich. Wir haben beide ein Elternteil verloren.

Er bricht das Schweigen. »Meinst du, sie halten uns für tot?«

»Keine Ahnung. Aber ich glaube, meine Mutter würde sich darüber freuen, dass ich endlich einen Jungen kennengelernt habe.«

Paul lacht laut auf.

»Du hast einen Jungen für dich gefunden, Solis? Schön zu wissen.«

24

Keine Stunde später entdecken wir inmitten einer Gruppe von Steinplatten eine kleine Höhle. Im Inneren ist der Boden trocken, und der Wind fegt nicht hinein. Die Höhle ist kurz und verjüngt sich nach hinten, daher müssen wir die Köpfe Richtung Eingang legen.

»Etwas Besseres finden wir nicht«, meint Paul, nachdem er die Höhle untersucht hat.

Ich kann die kalte Luft spüren, die um die Höhlenöffnung zirkuliert, und befürchte, dass wir zu sehr Wind und Wetter ausgesetzt sein könnten.

»Reicht das denn für uns beide?«, frage ich.

»Es muss reichen. Es ist alles, was wir haben.«

Wir rollen unsere Schlafsäcke aus und legen sie nebeneinander. Unser Unterschlupf ist recht beengt, und selbst am höchsten Punkt dürfte die Decke nicht mehr als einen Meter zwanzig hoch sein.

»Zieh deine Stiefel, Socken und Handschuhe aus«, sagt Paul. »Die Socken in den Schlafsack, die Stiefel darunter. Zieh das trockene Paar Socken an, wir werden jeden Tag wechseln, wenn wir können.«

Ich nicke zustimmend.

»Wir legen uns in meinen Schlafsack und ziehen den anderen dann über unsere Köpfe. So ist es wärmer. Öffne die Jacke, damit unsere Körper einander besser wärmen.«

Meine Verlegenheit macht sich fast gar nicht bemerkbar.

Ich tue alles, worum er mich gebeten hat, und rutsche in den Schlafsack. Er hat seine Jacke geöffnet, und ich kann die Wärme seiner Brust spüren. Er greift hinter sich und zieht die beiden Plastikflaschen hervor, die er den ganzen Tag unter seiner Jacke hatte.

»Ist der Schnee geschmolzen?«

»Größtenteils, ja.«

Ich nehme einen langen Zug aus der ersten Flasche. Und dann nippe ich noch einmal kurz. Ich gebe ihm die Flasche zurück, denn ich weiß, dass er ebenfalls höllischen Durst haben muss.

»Tut mir leid, ich habe gar nicht gemerkt, wie durstig ich war.«

»Macht nichts, aber trink nicht zu schnell – wenn du so durstig bist, kann es sein, dass es dir wieder hochkommt. Das wäre nicht gut.«

Er nimmt selbst einen großen Schluck und reicht mir die Flasche zurück. »Gutes System, morgen früh fülle ich sie wieder auf.«

Ich nehme noch ein paar Schlucke und fühle, wie das Wasser durch meinen Körper rinnt, dann gebe ich ihm die Flasche widerstrebend wieder, damit er sie austrinken kann. Mein Hunger meldet sich, während ich ihm dabei zusehe, wie er den Rest des Wassers trinkt.

»Wir haben Schoko-Rosinen und drei Energieriegel, oder?«, fragt er.

»Ja.«

»Dann lass uns die Schoko-Rosinen essen, und wir teilen uns einen Riegel pro Tag.«

»Aber du bist so viel größer als ich, das scheint mir nicht fair«, wende ich ein.

»Das ehrt dich, aber ich komm schon zurecht.«

Er greift in seine Tasche, und für einen Moment denke ich, dass er gleich fragt, welche Geschmacksrichtung wir für heute Abend wählen sollen. Aber er fragt nicht. Er reißt einfach einen auf, bricht ihn in zwei ungefähr gleich große Stücke und reicht mir eine Hälfte.

»Lass es dir schmecken!«

»Iss langsam«, erwidere ich. »Das würde meine Mum jetzt sagen.«

»Meine Mum fehlt mir. Ich habe immer mit ihr gestritten und geschrien, wenn ich mein Zimmer aufräumen musste. Dann ist sie gestorben, und ich habe es auf einmal vermisst, dass sie immer hinter all dem so her war.«

»Wie ist sie gestorben?«

»Krebs. Brustkrebs. Ihr Dad hat zwei Päckchen pro Tag geraucht.«

»Tut mir leid«, sage ich. »Und was ist mit deinem Dad?«

»Mein Dad hat sich nach dem Tod meiner Mum um nichts mehr gekümmert. Er hat sich in seine Arbeit und seine Bücher vergraben und meinen Bruder und mich uns selbst überlassen. Manchmal hat uns Will – er war mein Bruder und ist jetzt auch tot – über Wochen hinweg das Abendessen gemacht. Wir konnten nur zwei Gerichte: gegrillten Käse und Rührei.«

»Klingt furchtbar. Ich meine, auch das mit Will. Tut mir sehr leid.«

»Krebs. Ich habe jeden Tag und jede Nacht für ihn gebetet, und es hat absolut nichts geholfen. Er ist dahinvegetiert, und in nicht mal einem Jahr war er tot.«

Ich starre ihn an. Es ist dunkel, daher bin ich mir nicht sicher, ob er mich sehen kann, aber ich bin mir sicher, dass er meine Nähe spürt.

»Es war nicht so schlimm, bevor er krank wurde. Mein Dad und Will sind gut miteinander ausgekommen. Will hat total gern dasselbe gelesen, was Dad gelesen hat. Ich habe Lesen gehasst. Ich bin Legastheniker, oder war einer, und ADHS hatte ich wahrscheinlich auch.«

Ich berühre seinen Rücken und sage ihm, dass es mir leidtut.

»Wir haben seit zwei Jahren nicht mehr miteinander gesprochen, mein Dad und ich. Ich war auf dem Weg nach Hause, um ihn zu sehen.«

»Warum?«

»… ich ihn sehen wollte?«

»Nein, warum hast du nicht mehr mit ihm gesprochen?«

»Will ist gestorben«, antwortet er, und es folgt eine Pause und etwas, was ich für ein leises Schniefen halte, aber vielleicht irre ich mich auch. »Und ich wollte nicht aufs College gehen. Mein Dad meinte, ich könne nicht zu Hause bleiben und bei ihm wohnen. Wenn ich nicht zur Schule gehen und mit ihm zusammen so einen Psychofritzen besuchen würde, müsste ich allein zurechtkommen. Also bin ich ein Jahr oder so mit ihm zu diesem Seelenklempner gegangen, und der hat bei jeder Kleinigkeit die Partei von meinem Vater ergriffen. Ich meine, er hat es nicht direkt ausgesprochen, aber alles wurde immer total verdreht, und dann ging es nur um mich. Und kurz bevor ich für immer fortging, hatten wir eine Sitzung, in der Dr. Klein – so hieß er – mich die ganze Zeit gepiesackt hat, von wegen Hausaufgaben machen und meine Pflichten erfüllen und eben alles tun, was immer mein Dad von mir verlangte, und da bin ich ausgerastet. Ich wollte auf ihn losgehen, doch mein Dad hat mich zurückgehalten. Danach bin ich einfach abgehauen.«

Paul bewegt seinen Arm und berührt zuerst mein Gesicht, dann mein Haar. »Entschuldigung«, sagt er. »Ich muss wissen, wo dein Gesicht ist, ich war desorientiert.«

»Macht nichts. Es war schön«, erwidere ich.

Er streichelt wieder mein Gesicht und mein Haar.

»Ich hab all mein Geld zusammengekratzt und bin nach Westen geflogen. Das ist jetzt etwa zwei Jahre her. Im Winter arbeite ich als Skilehrer. Im Sommer surfe ich in Kalifornien.«

»Und ihr habt nie mehr miteinander gesprochen?«

»Nein.«

»Nichts – keine SMS?«

»Eine E-Mail alle sechs Monate oder so. So sind wir eben, die Harts sind irgendwie brutal. Mein Großvater hat meinen Vater einmal einen ganzen Sommer lang Steine aus dem Garten wühlen lassen, weil er eine Drei im Zeugnis hatte. Mir wurde erzählt, dass mein Vater jeden Tag zwei Quadratmeter abgesteckt hat, und dann hat er auf Händen und Knien jeden Stein und jeden Felsbrocken unter dem Rasen hervorgeholt. Er hat sechsundsechzig Tage dafür gebraucht. Als er fertig war, begutachtete mein Großvater den Kübel mit Steinen und hat sie danach alle in einen Fluss geworfen und gesagt: ›Das nächste Mal lernst du mir fleißiger‹, und hat ihn einfach stehen lassen.«

»Krass.« Ich denke über diese Geschichte nach. »Meine Mutter hat mich überhaupt nie für irgendetwas bestraft.«

»Ich vermute, er hatte es nicht leicht«, meint Paul und legt seine Handfläche auf meine Wange. »Aber mir gegenüber war er noch schlimmer. Seinem Dad war er zumindest nicht völlig scheißegal.«

Wir machen es uns bequem und essen die Schoko-Rosinen auf. Mein Magen knurrt in Erwartung weiterer Nahrung. Pauls ist noch lauter, und bei mir melden sich Gewissensbisse, weil wir das Essen gleich aufgeteilt haben.

Rasch senkt sich totale Dunkelheit herab. Der Wind frischt auf und heult an uns vorbei, aber unsere Höhle bietet genug Schutz. Wir schweigen eine ganze Weile. Sein Atem ist warm auf meinem Hals. Ich habe Angst zu sprechen, das Falsche zu sagen, nachdem er mir soeben sein Herz ausgeschüttet hat. Ich habe rasende Kopfschmerzen, und mir tun Muskeln weh, von deren Existenz ich bisher noch gar nichts gewusst habe. In meinem Kopf ist irgendwie alles ganz seltsam durcheinander.

Paul greift nach meiner linken Hand, und einen Sekundenbruchteil später weiß ich, dass er die Narben spüren kann, wo ich letztes Jahr versucht habe, meinen Schalter umzulegen.

»Ich würde niemals fragen«, flüstert er.

»Ich weiß. Ich weiß, dass du das nicht tun würdest.«

»Ich mag es nicht, den Scheiß von anderen Leuten zu kennen.«

»Das kann ich mir denken. Du bist viel zu gemein dazu.«

»Wirklich?«

»Hast du nicht damit gedroht, mich dort unten dem Tod zu überlassen?«

»Habe ich das? Ich glaube schon, oder?«

»Ja.«

»Aber ich habe Wasser für dich geschmolzen, und dank mir hast du es geschafft, einen wirklich schweinehohen Berg zu bezwingen.«

»Ja«, sage ich und drücke seine Hand.

Er hält meine andere Hand in seiner und drückt zurück. Nicht auf eine »Ich-halte-dich-warm«-Art, sondern mehr auf die »Ich-mag-dich«-Art. Vielleicht sind die gegenwärtigen Bedingungen nicht die besten, um diese Bedeutungen auseinanderzuhalten – das kalte Wetter, der Medikamentenentzug, Hunger, all die Schichten willkürlich gewählter Oberbekleidung, die Dunkelheit –, aber ich spüre eine Art Luftveränderung zwischen uns, und so etwas wie Zuneigung steigt in mir auf.

»Damals wurde ich gerade fünfzehn«, spreche ich in die Dunkelheit. »Ich hatte mein Leben lang in New York City gelebt, aber wir waren gerade nach New Jersey gezogen. Mein Vater war schon fast vier Jahre lang tot, und das Geld war knapp, oder zumindest würde meine Mum es so bezeichnen. Das alles war mir völlig egal. Nichts von alledem spielte irgendeine Rolle. Ich hatte ohnehin nie viele Freunde gehabt. Ich war seit Beginn der Highschool immer eine Einzelgängerin gewesen.«

Ich verstumme für einen Moment. Paul sagt nichts, aber er fährt mit der linken Hand durch mein Haar, und ich kann seinen Herzschlag hören. Ich hole tief Luft. Dann hält er in seiner Bewegung inne.

»Du brauchst nicht darüber zu reden.«

»Niemand hat sie je zuvor berührt. Ich meine, niemand, den ich nicht dafür bezahlt habe, sie zu berühren.«

»Du hast irgendwelche Strichjungen angeheuert, damit sie deine Narben berühren?«

Ich lache. Seine dämlichen Witze beginnen mir allmählich ans Herz zu wachsen.

»Oh ja, am liebsten hatte ich es, wenn sie sich als Ärzte verkleideten.«

Er lacht. »Für ein Mädchen bist du echt witzig.«

»Das sind die meisten Mädchen«, sage ich.

»Da hast du wahrscheinlich recht«, flüstert er. »Das ist die Art von Bemerkung, die mein Dad machen würde. Ich hasse es, wenn ich wie er klinge.«

Ich räuspere mich und überlege, welche Worte ich wählen soll. Sonst ist mein erster Impuls immer, zu lügen oder die Wahrheit zu verschleiern. Paul gegenüber will ich aber ehrlich sein.

»Lass mich noch mal anfangen. Mein Vater hat sich an Heiligabend erschossen. Er ist nicht einfach gestorben – so rede ich immer darüber; als sei er gestorben, wie Menschen normalerweise sterben. Mein Urgroßvater hat ebenfalls sein Leben selbst beendet, und meine Großmutter hat das letzte Jahrzehnt ihres Lebens in einem Haus für verrückte Frauen in Vermont verbracht. Mein Dad hat es mir nie erzählt, aber von meiner Mum habe ich nach seinem Tod erfahren, dass seine Mutter sich in diesem Heim umgebracht hat – sie hat sich erhängt. Verrücktsein ist bei uns ein Familienhobby.« Bei diesen Worten lache ich ein wenig.

»Nun«, antwortet er und schiebt seine Finger in meine. »Scheint ganz so, als hätten wir irgendwie beide einen ziemlich ähnlichen Scheiß durchmachen müssen.«

»Ja, sieht so aus«, antworte ich.

Er beugt sich vor und küsst mich auf die Stirn. »Es tut mir leid. Es tut mir wirklich leid.«

»Danke«, wispere ich. Ich spüre, wie eine Flut von Gefühlen in mir aufsteigt und sich in meiner Kehle und meiner Brust breitmacht.

»Es war Anfang September, und ich stand in der Küche und machte das Mittagessen. Ich hatte angefangen, ein paar Tomaten zu schneiden. Die Art, wie das Messer durch die Haut der Tomaten fuhr, faszinierte mich. Im nächsten Moment stand alles in kristallklarer Deutlichkeit vor mir, und ich beschloss, meine Finger aufzuschneiden und dann meine Handfläche. Der erste Schnitt erfüllte mich mit wahrer Euphorie. Dann strömte das Blut aus mir heraus, und es war wie eine Erleichterung, als meine ganze Angst aus meinen Adern geschossen kam. Überall war Blut, doch es war mir egal, und dann habe ich den Schnitt gemacht, den du gerade mit den Fingern ertastet hast. Es hätte mich umbringen können, aber meine Mutter kam herein und hat dem ein Ende bereitet.«

»Hast du es wirklich ernsthaft versucht?«

»Das ist die große Frage, nicht wahr?«

»Ich schätze ja.«

»Ich kann mich nicht erinnern.«

»Erzähl keinen Quatsch.«

Ich schweige für eine Weile.

»Das ist hart, Paul Hart«, sage ich. »Ziemlich grob, so etwas zu jemandem zu sagen.«

»Wärst du nicht glücklicher, wenn du es zugegeben und dann die Sache hinter dir gelassen hättest? Ob es dir ernst war oder nicht, spielt doch überhaupt keine Rolle.«

Ich will wütend und zornig sein, aber ich kann die unangenehme Wahrheit, dass er recht hat, nicht ignorieren.

»Neulich abends im Flugzeug«, fragt er, »wolltest du dich da auch schneiden?«

Ich schüttele den Kopf. »Nein. Pillen. Ein Mix von Präparaten, den ich recherchiert und zusammengestellt habe. Die meisten sind beim Absturz auf den Boden gefallen, bevor ich sie schlucken konnte.«

Ich verstumme. Ich bin außerstande zu sprechen, während mir schlagartig die Ungeheuerlichkeit dessen klar wird, was geschehen ist – was hätte geschehen können.

Dann berührt Paul sachte mit den Fingerspitzen meinen Hals und zieht mich sanft an sich. Er küsst mich. Seine Lippen fühlen sich feucht an. Ich öffne meinen Mund ganz leicht, und unsere Lippen gleiten ohne Zögern ineinander. Dann zieht er seinen Kopf urplötzlich zurück, und wir sehen einander in die Augen. In diesem Moment weiß ich, dass er in mein Herz geblickt hat. Er küsst mich wieder. Ich kann nicht sprechen. Ich kann kaum denken. Mein Körper kribbelt vor Hoffnung und Lust und Liebe und Verlangen.

Wir küssen uns wieder und wieder, dann beißt er mir sanft ins Ohr. Ich will explodieren, den Schlafsack zerplatzen lassen. Ich drehe mich zu ihm um, ohne auf den Schmerz zu achten, der bei jeder Bewegung durch meinen Rücken schießt, und unsere Beine verheddern sich ineinander. Er küsst mich auf den Mund, und ich höre, wie es in meinem Kopf rauscht. Mein linker Arm gleitet unter sein Hemd, reibt seinen Hüftknochen und seinen Bauch. Paul stöhnt leise. Und dann holen mich ganz plötzlich wieder die Strapazen des Tages ein. Ich kuschle mich enger an ihn und drücke seine Hände und Arme an meinen Körper. Er küsst noch einige Male meinen Hals, dann schlafen wir ein.

25

Ich träume. Ich bin in der Klinik, und Old Doctor blickt mich starr an, aber als er redet, höre ich die Stimme meiner Mutter. Er stellt mir wieder und wieder dieselbe Frage, als würde er mich nicht hören. Schließlich schreie ich.

»Sie können mir nichts vormachen! Sie können mir nichts vormachen!«

Old Doctor steht auf und geht ans Fenster. Er schaut für einen Moment in den Garten hinaus, dann dreht er sich wieder zu mir um und winkt mich heran. Ich gehe zu ihm, und sofort fängt es an zu schneien, und ich lächle.

»Weshalb lächelst du, Jane?«, fragt er.

»Der Schnee – er ist schön.«

Er schaut nach draußen und sagt dann: »Welcher Schnee? Da ist kein Schnee, Jane. Das weißt du doch, nicht wahr?«

»Sie sind ein Lügner«, erwidere ich.

Er lächelt nur, und plötzlich sitzt meine Mutter neben ihm, und im Hintergrund werfen sich mein toter Vater und meine Großmutter in den Schnee und machen Schnee-Engel.

»Darf ich spielen?«, frage ich.

»Nein«, antwortet Old Doctor kopfschüttelnd und lächelt immer noch. Meine Mutter weint. Und Old Doctor legt den Arm um sie. Er flüstert ihr etwas ins Ohr, und sie nickt. Er küsst sie auf die Wange, und ich will ihn umbringen, meines Vaters wegen. Sie stöbert in ihrer Handtasche, nimmt die Taschenuhr meines Vaters heraus, reicht sie mir und schärft mir ein, sie nicht wieder zu verlieren. Ich stehe auf und gehe auf Dad und Oma zu. Als ich sie erreiche, sind sie fort. Die Schnee-Engel sind noch da, und ihre Augen erwachen zum Leben, und dann fliegen sie davon. Ich schaue auf, um ihnen nachzusehen, und dann steht mein Vater neben mir, und ich öffne und schließe den Deckel seiner Uhr mehrmals hintereinander. Dann kommt Paul auf uns zu. Aber er ist tot. Ich will ihn berühren, doch da ist Glas zwischen uns. Ich schlage mit den Händen wieder und wieder gegen die Scheibe und schreie seinen Namen.

Er öffnet die Augen und spricht: »Sag mir die Wahrheit.«

»Worüber?«

Aber seine Augen schließen sich, bevor ich etwas sagen kann, und ich weiß, dass er wieder tot ist.

»He, Schlafmütze«, sagt Paul und rüttelt mich an der Schulter.

»Ja?«

»Alles in Ordnung mit dir?«

»Warum fragst du?«

»Du hast mich geschlagen.«

»Du bist bei mir«, antworte ich nur, halb verwundert, halb verschlafen.

»Na ja, schon.« Er beugt sich über mich und küsst mich. Ich erinnere mich wieder an gestern Abend, und dann erwidere ich seinen Kuss und lege ihm beide Hände aufs Gesicht. Er trennt seine Lippen von meinen.

»Warte hier«, sagt er, »ich will unseren nächsten Schritt auskundschaften.«

Ich nicke, und sofort schlüpft er aus dem Schlafsack und in den Wald. Es geschieht so schnell, dass ich mich für einen Moment frage, ob ich träume. Dann klettere ich aus dem Schlafsack, um ihm zu folgen.

»Warte«, schreie ich. »Paul! Paul!« Aber es kommt keine Antwort. Ich rufe wieder. Stille. *Vertrau ihm, Jane. Vertrau ihm. Er würde dich niemals verlassen. Aber was ist, wenn es gar nicht an ihm liegt?* Ich stecke die Füße in meine Stiefel und schnappe meine Handschuhe und meine Windjacke. Da erwacht auf einmal die Weltmeisterin im Besser-noch-mal-drüber-schlafen in mir, frisch und munter, als sei sie gerade selbst aus einem Nickerchen geweckt worden. Er könnte einfach immer weitergehen oder in einen See fallen. Was, wenn sein Fuß in einer Bärenfalle stecken bleibt oder er eine Steilwand hinabstürzt? *Stopp! Bring diese Stimme zum Schweigen, Jane. Konzentrier dich auf das, was real ist. Konzentrier dich auf das, was du kontrollieren kannst.*

Ich rolle den zweiten Schlafsack zusammen und streichle mit der Hand über die Wärme, die unsere Körper hinterlassen haben. Ich lasse noch einmal jede Einzelheit der vergangenen Nacht Revue passieren. Die Erinnerungen an Küsse und Berührungen überschlagen sich förmlich, und ich lächle. Doch der Traum, mein Traum, er ist binnen weniger Sekunden verschwunden, und ich kann ihn beim besten Willen nicht zurückholen. Ich versuche festzuhalten, was noch festzuhalten ist, aber alles, woran ich mich erinnern kann, ist Pauls Gesicht im Fenster, und wie er mir zum Abschied winkt.

Meine Hand ertastet sein kleines Buch am unteren Ende des Schlafsacks. Das Buch, das sein Bruder ihm gegeben hat. Ich nehme es in die Hand und fahre über den Einband. Ich schlüpfe wieder in den Schlafsack, dann öffne ich das Büchlein, ziehe den Brief heraus, den ich schon einmal gelesen habe, und kuschle mich in den Schlafsack, wo ich versteckt bin, falls Paul zurückkommt.

Ich lese den Brief erneut, vor dem Hintergrund dessen, was

ich jetzt über Paul und sein Leben nach dem Tod seiner Mutter weiß. Was hat Will da versucht, ihm zu sagen?

Ich falte den Brief zusammen, lege ihn sorgfältig in das Buch zurück und schließe es wieder.

Dann packen mich Schuldgefühle. Vielleicht hätte ich den Brief seines Bruders nicht lesen sollen. *Stopp! Ich hätte ihn definitiv nicht lesen sollen!* Es ist so was von falsch, in Pauls Privatsphäre herumzuschnüffeln. Wird er mir jemals verzeihen, wenn er es herausfindet?

Ich krieche aus dem Schlafsack und tausche meine Sachen, soweit es geht, gegen trockenere aus. Dann packe ich zusammen. Ich nehme die Wasserflaschen und träufle die letzten ein, zwei Tropfen auf meine Zunge. Dann fülle ich die Flaschen mit Schnee, schiebe eine tief in meine Jacke und lasse sie mir in den Rücken rutschen. Verdammt, ist das kalt. Ich rolle unseren Schlafsack zusammen und krieche hinaus in den Wald.

Paul steht einige Schritte von der Höhle entfernt und schaut zu den Bergen hinüber.

»Weißt du, wo wir sind?«

»Ich bin mir nicht sicher. Aber ich glaube, wenn wir auf diesen Gipfel dort hinaufklettern können, sind wir auf dem höchsten im Umkreis. Dann können wir die Gegend unter uns überblicken, und hoffentlich wird man uns dann auch sehen können.«

»Ist es denn möglich, dort hochzukommen?«

Er zuckt die Achseln, als wolle er sagen, dass er es nicht hundertprozentig wisse.

»Alles ist möglich«, antwortet er schließlich. »Du musst es nur zuerst hinkriegen, auch daran zu glauben.«

26

Ich lasse meinen Blick über den Gebirgszug vor uns schweifen. Ich sehe, wo wir hingehen müssen, aber ich sehe nicht, wie wir dort hingelangen sollen.

»Sieh mal dort drüben.« Paul streckt die Hand aus.

Ich schaue in die angezeigte Richtung. Ich erkenne einen dichten Wald, einige Hügel und dann eine tiefe Schlucht, die unseren Gipfel von den höheren Gipfeln trennt.

»Ich kann nicht sehen, was du meinst«, sage ich.

Er nimmt meinen Arm und zeigt damit auf einen Fleck am Horizont. »Dort«, sagt er und lenkt meine Hand mit seiner.

Ich begreife, dass er nach unten zeigt. Hinunter in das nächste Tal, dann nach oben.

»Bis ganz da runter?«, frage ich.

»Nein, sieh mal dort«, meint er. »Es gibt eine Art natürliche Brücke zwischen den beiden Gipfeln. Es könnte gefährlich werden, aber glaube mir, es ist das Beste, was wir tun können.«

»Wie weit ist es denn?«

»Keine Ahnung. Wir dürften wohl einen Tag oder so für den Weg dahin brauchen.«

Ich weiß nicht, ob er es wirklich ernst meint. Ich versuche, mir vorzustellen, ob und wie wir eines Tages gefunden werden. Vielleicht wird man in zwanzig Jahren die Trümmer ausfindig machen und unsere gefrorenen Leichen unter drei Metern Schnee bergen. Aber eigentlich ist das unwahrscheinlich, weil die Bären uns niemals so lange liegen lassen werden, sobald sie im Frühling aufgewacht sind. Wenn der Schnee schmilzt, sind wir wohlschmeckende Leckerbissen für sie.

»Also hinunter und dann drüben wieder hoch«, sage ich.

»Ja«, antwortet er. »Der Vorteil bei der Sache ist: Wir müssen keine Felswände hinaufklettern.«

»Und dann das Wetter, dafür können wir wirklich dankbar sein.«

»Das ist die richtige Einstellung, Solis. Ja, die Temperaturen liegen heute fast bei milden null Grad.«

Man kann es von da, wo wir stehen, nicht sehen, aber irgendwo in der Ferne hinter den Bergen muss die Sonne hell scheinen. Wir befinden uns immer noch unter einem dichten Dach hoher Bäume, aber die Luft ist wärmer geworden. Neue Hoffnung keimt in mir auf.

»Ich nehme an, wir werden einen Tag brauchen, um hinunterzusteigen, und noch einen, um wieder hinaufzuklettern. Sobald wir dort sind, werden wir versuchen, ein Feuer zu machen, wenn das Wetter hält.«

»Und was werden wir essen?«, frage ich.

Er sieht mich seltsam an, dann erwidert er: »Ich mache mir mehr Sorgen, worüber wir reden werden. Wir können tagelang ohne Essen überleben. Außerdem haben wir immer noch einige Süßigkeiten. Und wir haben Wasser. Aber nach unserem Gespräch gestern Abend habe ich die Befürchtung, dass es nichts mehr zu beichten gibt.«

»Echt, das befürchtest du? Dass uns die Lebensbeichten ausgehen?«

»Leider ja.«

Er sieht sich nach unseren Sachen um, fängt an, seine Jacke abzuklopfen und seine Hosentaschen zu durchsuchen.

»Wonach suchst du?«

Er sieht in seine Tasche und nimmt auch meine Sachen in Augenschein.

Er versetzt mich allmählich in Panik, also frage ich wieder: »Was fehlt denn?«

»Mein Buch«, sagt er schließlich.

»Dein Buch ist hier drin«, antworte ich und zeige auf den Schlafsack auf seinem Rücken.

Es entsteht eine lange Pause zwischen uns. Er sieht mich an und liest meine Körpersprache. Ich bin von Kopf bis Fuß mit Jacken, Handschuhen, Sonnenbrille und Mütze bedeckt, daher kann ich mir nicht vorstellen, dass man da noch allzu viel herauslesen kann.

»Hast du den Brief gelesen?«, blafft er mich an.

»Nein«, streite ich ab. Ein reiner Reflex, aber ich bedaure es sofort, gelogen zu haben.

»Wirklich nicht?«, fragt er skeptisch.

»Nur den Anfang. Es tut mir leid.«

»Klar. Und beim Rauchen richtig inhaliert hast du natürlich auch nie«, erwidert er mit einem Feixen. »Warum lügst du so viel? Warum bloß musst du etwas so Persönliches lesen, ohne vorher zu fragen?«

»Ich habe einfach nicht nachgedacht. Das war schon, bevor ich dich kennengelernt habe. Ich meine, bevor ich dich so kennengelernt habe, wie ich dich jetzt kenne.«

»Vergiss es, Solis. Lass uns gehen.«

27

Der Marsch Richtung Tal gestaltet sich schwierig. Zudem verläuft er größtenteils schweigend. Was immer gestern Abend zwischen uns gewesen ist, hat sich in Luft aufgelöst, und der sture Macho Paul ist wieder aufgetaucht, nur dass diesmal auch noch Zorn in seiner Stimme mitschwingt. Ich habe seinen Brief gelesen, und jetzt ist ihm meine bloße Anwesenheit auf diesem Berg zuwider.

»Nicht zurückfallen«, ruft er alle paar Minuten schroff.

Zur Strafe hat er absichtlich ein ziemlich schnelles Tempo eingelegt. Außerdem sind meine Glieder noch ganz steif von gestern. Ich höre nichts unbeschwert Neckendes mehr – nicht einmal Mitgefühl – aus seiner Stimme heraus. Gestern an der Felswand hatte seine Stimme, selbst wenn er brutal hart zu mir war, immer einen freundlichen Unterton, oder zumindest habe ich das so empfunden. Aber jetzt spüre ich etwas ganz anderes von ihm ausgehen: einen brodelnden, selbstgerechten Zorn. Er hasst mich. Das Lesen des Briefes scheint ein unverzeihliches Vergehen gewesen zu sein. Und ich gebe ihm recht.

Der einzige Vorteil von alldem besteht darin, dass meine Gedanken nun derart von Paul und seiner Stimmung eingenommen sind, dass ich den nagenden Hunger, die Blasen an meinen Füßen und die Schwäche in meinen Beinen kaum mehr wahrnehme.

»Schau mal dort«, sage ich.

Paul bleibt stehen. Er dreht sich zu mir um.

»Was denn?«

»Da, auf dem Baum. Jemand hat mit einem Messer ein Dreieck in den Baum geritzt. Das ist ein Zeichen, nicht wahr?«

Er dreht sich schnell um und starrt einen Moment den Baum und das Dreieck an. Obwohl er sich alle Mühe gibt, es zu verbergen, breitet sich ein Grinsen in seinem Gesicht aus.

»Leck mich am Arsch«, ruft Paul. »Wir haben einen Wanderweg gefunden!«

Er dreht sich um, will mich umarmen, aber dann hält er mitten in der Bewegung inne und erinnert sich an seine Wut auf mich.

Seine Hände fallen schlaff herab, und sein Lächeln verschwindet.

»Es könnte etwas bedeuten. Vielleicht bedeutet es aber auch gar nichts.«

Ich nicke. Er hat recht, und in jedem Fall vermag selbst dieser große Glücksfund sein Herz nicht wieder für mich zu erwärmen. Ich fühle ein Schluchzen in meiner Kehle aufsteigen, aber ich werde ihm nicht zeigen, wie sehr er mich verletzt. Meine Lippen formen nur ein Wort: »Stimmt.«

»Wir folgen dem Weg ein Stück«, schlägt er vor. »Aber wenn wir die Felsbrücke überqueren wollen, führt er in die falsche Richtung. Vielleicht ist dieser Weg einfacher zu bewältigen, doch er wird uns hinunter zur Talsohle führen. Und das ist ein Todesmarsch. Dann schaffen wir es nie wieder herauf.«

Ich gewinne meine Fassung wieder und hole tief Luft. Ich tue so, als betrachte ich zusammen mit ihm die Landschaft, aber tatsächlich bemühe ich mich einfach nur, die in mir wogenden Gefühle unter Kontrolle zu bekommen. *Ich komme von meinen Medikamenten runter,* rufe ich mir ins Gedächtnis. *Ich bin im Moment womöglich übersensibel und schreibe ihm*

Gedanken und Gefühle zu, die ausschließlich das Produkt meiner eigenen Angst sind. Und dann höre ich Old Doctor: *Bring die Stimmen zum Schweigen, Jane. Hör auf, alles kritisch zu hinterfragen. Nimm in Angriff, was vor dir liegt, und konzentriere dich auf deine wirkliche Stimme.*

»Ich denke, es gibt einen Grund dafür, warum Menschen hier eine Markierung angebracht haben«, sage ich. »Und ich denke, es gibt auch einen Grund dafür, dass wir sie jetzt entdecken.«

»Also hat Gott sie uns geschickt?« Paul lächelt herablassend. »*So* wie er uns im Flugzeug geholfen hat?«

»Wir sind immer noch hier, oder etwa nicht?«

»Und welchem Umstand haben wir das zu verdanken – unseren zufällig zugewiesenen Sitzplätzen? Ich jedenfalls habe mit Sicherheit nicht gebetet. In dem Fall dürftest also nur du hier sein«, fährt Paul fort. Ich kann es nicht ausstehen, wenn er recht hat und seine Argumente überzeugend sind.

»Keiner kann das wissen, Paul.«

»Ich weiß zumindest Folgendes«, sagt Paul mit einem leisen, wütenden Knurren, als lasse er den aufgestauten Zorn eines Jahrzehnts auf die Welt los, richtet ihn aber nur gegen mich, weil ich ihm gerade am nächsten bin. »Gott ist nicht hier. Und er war nicht in diesem Flugzeug. Und er war nicht da, als meine Mum oder Will starben oder als dein Dad sich das Hirn weggepustet hat. Er war nicht für Margaret da oder für den Piloten oder für sonst wen. Und selbst wenn er jetzt hier bei uns wäre, was macht uns beide so außergewöhnlich? Wir sind eine Lebensmüde und ein Atheist, ist es nicht so? Warum ausgerechnet uns retten? Ich sag dir nun die einzige Wahrheit, derer ich mir im Moment sicher sein kann: Das ist eine kalte, eisige Gegend hier auf dem Gipfel dieses Berges. Stürzt du ab, stirbst du. Isst du Schnee, stirbst du. Wirst du nicht gefunden, stirbst du. Das sind die Tatsachen, und Gott wird nicht vom Himmel herabkommen und das ändern. Und nur weil sich da ein Dreieck auf einem Baum befindet, hineingeschnitzt von wer weiß wem und wer weiß wann, bedeutet das nicht, dass es uns hier heraushelfen wird. Tatsächlich könnte es uns da unten in unseren sicheren Tod führen oder den gleichen Weg zurück, den wir gerade gekommen sind. Manchmal sind Zeichen einfach nur Zeichen. Manchmal führen sie dich in die falsche Richtung.«

Zwischen uns legt sich eine scheinbar endlose Stille. Ich hasse ihn dafür, dass er jenem tief verwurzelten Zweifel über die Welt Ausdruck verleiht, der mich seit dem Tag erfüllt hat, an dem mein Vater sich umgebracht hat. Gnadenlos. Kalt. Brutal. Gegen Zweifel gibt es kein Gegenmittel, außer vielleicht an Tagen, an denen man eine Bergwand hinaufklettert.

»Ich kapier schon, Paul. Mein Vater ist tot, und dein Bruder ist tot, und nichts wird das ändern.« Ich stehe direkt vor ihm. Ich weiß nicht, woher diese Worte gekommen sind, aber da sind sie, machen sich zwischen uns beiden breit, ein Wirbel von Worten statt von Schnee. Und dann füge ich hinzu: »Ich liege in vielen Dingen falsch und bin weiß Gott kein Musterbeispiel für geistige Gesundheit, aber ein paar Dinge weiß ich doch. Schmerz ist nicht gut, aber er ist auch nicht schlecht. Ihn zu verbergen, ihn zu nähren – das ist schlecht. Genau das habe ich jahrelang getan. Es vergiftet einen, hat mich von innen heraus verfaulen lassen. Und auch dich lässt es faulen. Du kannst dich nicht vor deinem Vater verstecken und dafür den Tod deines Bruders und deiner Mutter als Ausrede benutzen.«

Zorn lodert für einen Moment in seinen Augen auf, und für eine kurze Sekunde habe ich Angst vor ihm. Ich bin zu weit gegangen. Aber es liegt eine reine Wahrheit in meinen Worten. Ich kann sie nicht leugnen.

»Nur weil du den Brief meines Bruders gestohlen und gelesen hast, bedeutet noch nicht, dass ich mit dir über all den verfluchten Scheiß reden will.«

»Hast du dich mal gefragt, warum du dieses verfluchte Scheißbuch immer wieder in meiner Nähe herumliegen gelassen hast?«

»Oha, sind das die Tricks, die du von deinem Psychofritzen gelernt hast?« Er spuckt die Worte praktisch aus.

Die Grenze zwischen uns scheint unüberwindbar. Er wendet sich ab und betrachtet wieder das geschnitzte Zeichen. Sein Körper zittert vor Wut, aber er spricht nicht mehr. *Sag jetzt nichts, Jane.* Ich lege ihm die Hand auf die Schulter, doch er schüttelt sie sofort ab. *Halt dich zurück, Jane.*

»Wir folgen diesem Wanderweg nicht.«

»In Ordnung«, antworte ich. »Es tut mir leid.«

»Das braucht es nicht. Lass uns gehen.«

Eine Stunde später nähern wir uns der Felsbrücke. Wir sind gut vorangekommen. Die Sonne steht hoch oben am Himmel, verborgen hinter herandrängenden Wolkentürmen, die von Norden her kommen. Sie sind weiß und dicht, keine Gewitterwolken, aber sie verhindern, dass die Sonne uns wärmt. Die Temperatur liegt um den Gefrierpunkt.

Wir kämpfen uns durch dichtes Buschwerk, und es gibt unter dem Schnee verborgenes Gestrüpp und Stacheln, die das Gehen sehr erschweren.

Dank des steilen Berghangs und der dichten Decke aus Gebüsch und Laub auf dem Waldboden ist der Schnee nicht besonders tief. Aber mit jedem Schritt werden mir neue Kratzer an Beinen, Hals und Gesicht zugefügt. Ich versuche es damit, mir meinen Schal ums Gesicht zu binden, doch er bleibt immer wieder irgendwo hängen. Ich lege mir den Arm über die Nase und verberge das Gesicht in meinem Ellbogen, während ich mit meinem anderen Arm Äste wegschiebe. Paul ist vorausgestapft, was hilft, aber Ranken und Geäst springen immer wieder zurück, und die eben geebnete Bahn schließt sich sogleich wieder. Ich kann nur einen knappen Meter weit sehen, und mir wird klar, dass ich nun auf mich allein gestellt bin. Anders als gestern, bei meinem ersten Vorstoß die Felswand hinauf, verspüre ich keine besondere Furcht. Ich habe schon Schlimmeres erlebt und kann die Dornen und Zweige dieses Waldes ertragen.

Einmal höre ich ein Rascheln unter mir, und ich sehe ein kleines Kaninchen, das sich unter dem Zweig verfangen hat, auf den mein Stiefel gerade getreten ist. Der Druck reicht aus, um das weiße Kaninchen an der Stelle im Schnee festzuhalten, wo es sich zuvor versteckt haben muss. Seine rötlichen Augen funkeln mich an. Ich erkenne die panische Angst in ihnen, aber gleichzeitig sehe ich etwas Essbares.

Ich greife in die Taschen meiner Jacke und ziehe einen der Kletterstöcke heraus, die Paul gestern für mich geschnitzt hat. Ich fühle, wie das Kaninchen nur noch mehr zappelt. *Es muss meine Gedanken spüren,* denke ich. *Es muss wissen, dass ich es töten und essen will.* Bei dem Gedanken läuft mir vor Hunger das Wasser im Mund zusammen. Ich presse meinen Stiefel, so fest ich kann, auf den Ast, und ich höre ein kurzes Quieken.

Ich hole mit dem Stock aus, ramme ihn dem Kaninchen in den Hals, und Blut spritzt auf den Schnee. Das Tier zuckt noch mehrmals und bleibt dann reglos liegen. Ich greife in meine Taschen und ziehe einen der Plastikbeutel heraus, die wir mitgenommen haben, um unsere Sachen trocken zu halten. Ich hebe das Kaninchen auf und stecke es in den Beutel. Ich betrachte das Blut an meinen Händen und erinnere mich an den Tag, an dem mein eigenes Blut meine Hände und Arme bedeckt hat. *Ich wollte mich wirklich umbringen*, denke ich. Ich habe die Antwort auf Old Doctors Frage die ganze Zeit über gewusst: Mein erster Versuch, Selbstmord zu begehen, war nicht nur ein Probelauf. Er war ein großer Schritt auf der Leiter zum Ziel. Eine dunkle Saat ist an jenem Heiligabend vor langer Zeit gepflanzt worden; und mit jedem Tagtraum, jedem grüblerischen Gedanken und schließlich mit meinen Probeläufen bin ich auf dieser Leiter weiter emporgeklettert und dem Ziel Selbstmord näher gekommen. Hätte ich nicht davon geträumt, es meinem Vater nachzutun, oder hätte ich mir an jenem ersten Tag nicht all diese kleinen Schnitte zugefügt, wäre ich auch nicht mit einer Handvoll Tabletten in dieses Flugzeug gestiegen.

Doch das Gegenteil trifft wohl ebenfalls zu: Hätte ich diesen ersten Schritt nicht gemacht, wäre ich nicht die, die ich jetzt bin: eine Kämpferin. Ich gebe mir selbst ein kleines Versprechen: Falls ich jemals hier rauskomme, werde ich Old Doctor genau das erzählen. »Aber warum ist das so? Das genau ist die Frage«, würde er antworten.

Ein grauenvoller Schrei, gefolgt vom Geräusch eines schweren Aufpralls, reißt mich aus meinen Gedanken. Das Adrenalin rast durch meinen Körper, und ich renne, so schnell ich kann, durchs Gebüsch. Ein Dorn ritzt mir die Haut auf. Ich spüre Blut über meine Wange laufen, und ich lecke es instinktiv ab. Es ist salzig und schmeckt nach Eisen.

Ich lausche auf Geräusche von Paul, höre aber keine weiteren Schreie oder Bewegungen, während ich mich durch das dichte Buschwerk kämpfe. Ein Dornbusch mitten auf meinem Weg greift nach meiner Jacke und zerrt mich zurück. Der Stoff reißt, und ich bleibe stehen und löse mich nach und nach aus den Fängen des Busches. Die Dornen haben sich tief in meine Windjacke gegraben. Als ich sie herausziehe, flattern Daunen und Füllmaterial hinterher. Es dauert über eine Minute, mich zu befreien.

Sobald ich es geschafft habe, trete ich rückwärts aus dem Busch und bewege mich langsam außen herum, darauf bedacht, meine Jacke nicht weiter aufzuschlitzen. Ich zwänge mich durch ein Gebüsch kleiner Fichten, und in dem Moment entdecke ich, was Paul nicht gesehen hat: einen verborgenen Abgrund von vielleicht acht bis zehn Metern Tiefe. Die schroffen Kanten in der Schneedecke unten lassen erkennen, dass sich am Fuß der Schlucht Felsen und Gestein befindet. Meine Knie geben nach, und ich muss mich an einem Baum festhalten, um nicht hinzufallen.

Paul liegt unten am Boden, und sein Körper ist auf eine unnatürliche Weise verdreht. Er muss zu schnell durch die Büsche geschritten sein und den dahinter versteckten Abgrund übersehen haben. Der Schnee kann das Auge leicht täuschen und auf diese Weise solche Senken und Abgründe scheinbar einebnen. Alles ist erfüllt von dem immer gleichen Weiß auf Weiß. Und schließlich, wenn du müde oder abgelenkt oder beides bist, wird der Boden zu einer einzigen glatten, ebenen Fläche.

»Paul!«, brülle ich. Meine Stimme hallt übers Tal. Er liegt wie ein toter Hirsch neben einigen Gesteinsbrocken. Sein Blut leuchtet im Schnee. Ich schaue auf seine Lippen, Hände und Stiefel hinab, aber nichts regt sich.

»Paul!«, schreie ich noch einmal. Das leise, einsame Echo hallt wieder zu mir zurück.

Ich sehe mir den Abhang rechts und links von mir an und finde gute zwei Meter zu meiner Rechten einen steilen, aber zu bewältigenden Abstieg hinunter zu der Stelle, wo Paul liegt. Die Ironie des Ganzen – dass wir den Flugzeugabsturz überlebt haben, die Beinahe-Abstürze beim Erklettern der Steilwand am Vortag, nur um jetzt wegen eines einzigen Fehltritts zu scheitern – trifft mich wie ein Schlag. Ein falscher Schritt hat gereicht, um Paul acht Meter in die Tiefe auf ein Geröllbett abstürzen zu lassen. Das Leben ist ohne Sinn und Verstand, trotz meiner inständigen Hoffnung, doch einmal eine tiefere Bedeutung darin finden zu können. Warum hat sich seine Jacke nicht wie meine im Dornengestrüpp verfangen? Hat er sorgfältig darauf geachtet, die Dornen zu meiden, und liegt nun gerade deswegen tot da unten? Warum bin nicht ich gestorben?

Ich klettere hinunter, so schnell ich kann, und in wenigen Minuten bin ich bei Paul.

Ich ziehe meine Handschuhe aus und berühre sein Gesicht. Warm. Ich taste seinen Hals nach einem Puls ab und lege dann den Zeigefinger unter seine Nase. Heißer Atem strömt über meine Finger. Ich beuge mich hinunter und küsse seinen Kopf.

»Paul«, sage ich und schlage ihm sanft auf die Wange.

Er regt sich, aber seine Augen sind glasig und trüb, starren irgendwie ins Leere.

»Paul!«, rufe ich. »Kannst du mich hören?«

Sein Blick wird etwas klarer, und ich streichle ihm übers Haar.

»Was ist passiert?« Seine Frage ist mehr eine Art Krächzen.

»Du bist gestürzt.«

Ich knie mich vor ihn hin und betrachte seinen Körper. Sein rechter Arm ist nach hinten umgeknickt. Beim Anblick der unnatürlichen Verrenkung krampft sich mein Magen zusammen. Ich muss mir den Mund zuhalten. Es ist nichts in meinem Magen, aber meine Muskeln ziehen sich zusammen, um ein paar Tropfen Galle hochzuwürgen.

»Kannst du den Arm fixieren?«, fragt er gelassen. »Du kriegst das bestimmt hin, ich zeig's dir.«

Ich bin mir nicht sicher, was ich tun soll, aber ich nicke entschlossen. »Klar.«

»Such zwei gerade Äste, sie müssen ganz gerade sein. Nein, nimm vier. Und gib mir all deine Schlaftabletten oder was immer du da einwerfen wolltest. Die für deinen Selbstmord vorgesehen waren.«

Ich zögere einen Moment, dann greife ich in meine Taschen und bringe zum Vorschein, was noch übrig ist. Es ist ein ansehnliches Häufchen: Genug, um jemanden für längere Zeit bewusstlos zu machen. Nicht genug, um ihn umzubringen, aber wahrscheinlich genug, um hinter uns zu bringen, was immer er und ich jetzt durchzustehen haben.

Ich reiche ihm die Pillen und ziehe die eine Flasche mit schmelzendem Schnee unter meiner Jacke hervor. Er öffnet den Mund. Ich lege etliche Tabletten auf seine Zunge und helfe ihm dann mit dem Wasser. Dabei wird eine ganze Menge verschüttet, was mir in der Seele wehtut, ich beachte es jedoch nicht weiter. Langsam schluckt er die Pillen. Er lässt sich zurückfallen und stöhnt vor Schmerz. Mir wird klar, dass das mein Signal ist, mich auf die Suche nach den Ästen zu machen.

Ich schaue mich um und stelle fest, dass Pauls Sturz uns an den Fuß der Felsbrücke gebracht hat, die die beiden Berge miteinander verbindet. Wenn Paul die Sache durchsteht, befinden wir uns kurz vorm Ziel zur Rettung. *Wir müssen überleben,* sage ich mir.

Der Wald ist dicht, aber nicht undurchdringlich. Äste von einem lebenden Baum abzubrechen erweist sich als schwierig. Einige der Äste sind zu dick und leisten zu viel Widerstand, und diejenigen, die sich leicht abbrechen lassen, sind einfach zu dünn, um als Schienen zu dienen.

Ich gehe tiefer in den Wald hinein und halte nach umgestürzten Bäumen oder am Boden liegenden Ästen Ausschau. Nach etwa fünfzehn Metern blicke ich zurück, und mir wird bewusst, dass ich jetzt weiter von Paul entfernt bin, als ich es seit dem Aufstieg war. Das Gestrüpp verdeckt meine Stiefelabdrücke. Ich überlege mir, nach ihm zu rufen, aber dann muss ich einsehen, dass ich hier nun auf mich allein gestellt bin. Das hier ist meine Aufgabe. Jetzt braucht er mich, um dieses Tal zu verlassen.

Ich bleibe für einen Moment stehen und werfe einen prüfenden Blick auf meine Umgebung. Ich schließe die Augen und versuche, mir den Weg zurück zu Paul vorzustellen. *Ich weiß genau, wo ich bin,* rede ich mir ein. Ich öffne die Augen, knie mich in den Schnee, betrachte die Fußspuren, die ich gerade hinterlassen habe, und gehe in Gedanken den Weg zu Paul zurück.

Ich stapfe weiter, bis ich eine Lichtung erreiche, auf der eine umgestürzte Kiefer liegt. Sie sieht aus, als habe sie schon längere Zeit dort gelegen. Ich laufe zu ihrem Wipfel, wo die Äste kleiner und dünner sind. Ich breche vier stabile Äste ab und mache mich auf den Rückweg zu Paul, wobei ich meinen im Schnee immer noch gut sichtbaren Fußstapfen folge.

Ich denke an eine Therapiesitzung mit Old Doctor. Damals hatten die Bäume gerade Knospen bekommen, also muss es zu Beginn des Frühlings gewesen sein.

»Liest du gern, Jane?«, hat Old Doctor gefragt.

»Ja, aber nicht, wenn Sie mir vorschreiben, was ich lesen soll.«

»Ich verstehe. Mir geht es genauso.«

»Gut.«

»Aber …«, fing er an.

Ich konnte es nicht ertragen. »Bei euch Typen gibt es immer ein ›Aber‹. Ich wünschte, Sie würden einfach sagen, was Sie sagen wollen. Immer diese Lockvogeltaktik. Ich bin eigentlich genauso wie du, ABER. Ich mag ebenfalls Filme, ABER …« (Natürlich war das damals noch in meiner Anfangszeit, als ich den Dreh, wie man am besten mit Old Doctor fertig wird, noch nicht raushatte.)

»Du hast recht, Jane.«

»Aber? Kommen Sie schon, was ist das ABER?«

»Nein, nein. Du hast schon recht.«

Wir saßen da und starrten uns etwa eine Minute lang an, vielleicht auch zwei, und ich wartete darauf, dass er seine übliche Einschränkung machte. Ich nahm an, wenn ich etwas sagte, würde ihm das nur eine Gelegenheit geben auszuweichen, sodass er sein Argument mit anderen Worten formulieren konnte. Ich wusste, wenn ich wartete, würde er zweifellos mit seinem »Aber« kommen.

»Der Philosoph Emerson glaubte, dass die gesamte menschliche Welt durch die Betrachtung der Natur erklärt werden kann, wenn man mit der nötigen Konzentration und dem erforderlichen Einfühlungsvermögen nur lange und geduldig genug dasitzt, um die unter der harten Rinde eines alten Baumes verborgenen Lehren hervorzuziehen.«

»Was zum Teufel soll das heißen?«

»Ich finde, es klingt gut.«

»Sie wollen, dass ich ihn lese? Emerson?«

»Nein, eigentlich weniger, es sei denn, du interessierst dich dafür.«

Wieder saßen wir schweigend da. Seine wässrig blauen Augen zeigten zwar keinerlei Emotionen, doch in diesem Moment erkannte ich all das Elend, die Scham, den Zorn und die Tränen, die diese Augen vermutlich bereits miterlebt hatten. Ich fragte mich, ob er all den Kummer in sich aufsaugte, dem er zuhören musste. Dann machte ich dem Ganzen ein Ende.

»Jetzt versuchen Sie es von der umgekehrten Seite. Ich falle aber nicht darauf herein«, sagte ich schließlich mit einem Grinsen und großer Befriedigung.

»Ich bin nicht dein Feind, Jane.«

»Aber Sie sind es doch, der entscheidet, wann ich hier rauskomme, oder?«, forderte ich ihn heraus. »Wenn ich es mir recht überlege, sind genau Sie derjenige, der das bestimmen darf.«

Er lächelte.

»In diesem ganzen Prozess bist du die wichtigste Person.« Er sagte das sehr gelassen. Es ärgerte mich, dass er nicht richtig wütend wurde.

»Dann könnte ich nämlich zu Hause sein und den Baum in meinem eigenen Garten studieren.« Ich schnaubte verächtlich. »Und dafür zahlt Ihnen meine Mutter also all die vielen Dollars? Damit Sie uns gefangenen Menschen allen erzählen können, dass wir hinausgehen und Bäume betrachten sollen?«

»Ich habe dir als Reaktion auf deinen Argwohn in Bezug auf unser Gespräch ein Angebot zum weiteren Nachdenken und Meditieren gemacht.«

»Blödsinn«, entgegnete ich und sah ihn direkt an. Ich wusste, dass er aufrichtig war, aber ein Rückzieher meinerseits wäre zu peinlich gewesen.

»Unsere Zeit ist für heute um.«

»Diesen Trick haben Sie immer auf Lager.«

»Ich glaube, das gilt für uns beide.«

28

Ziemlich problemlos finde ich zu Paul zurück. Als ich bei ihm ankomme, schläft er. Ich lege die Äste auf den Boden und schüttele ihn sanft. Er kommt schnell wieder zu sich.

»Du darfst jetzt nicht schlafen«, verbiete ich ihm.

Er sieht mich dumpf an, sein Gehirn verarbeitet die Information nicht so schnell wie normalerweise.

»Du hast recht«, antwortet er, »nach einer Kopfverletzung sollte man wach bleiben.«

Er betrachtet den Stapel Äste.

»Du hast eine Menge Tabletten genommen, Paul. Ich werde dich etwa einmal pro Stunde wecken, nur um sicherzugehen.«

»Leg die Äste ab und such den geradesten aus«, flüstert er.

Ich entscheide mich für zwei kurze, dicke Hölzer und breche die kleinen Zweige ab.

»Gut«, sagt Paul. »Richte meinen Arm so, dass er genauso gerade ist wie deiner, und leg ihn zwischen diese Äste. Dann wickle eines der Ersatzhemden so fest du kannst drumherum und binde es zu.«

»Ich kann deinen Arm nicht richten.«

Er beachtet mich nicht. Ich werfe einen Seitenblick auf Pauls Arm. Er sieht bis zum Ellbogen hinunter ganz normal aus, aber dann, etwa in der Mitte vom Unterarm, knickt er in die falsche Richtung ab. Selbst durch die Jacke hindurch ist deutlich zu erkennen, dass der Winkel stark verdreht ist.

»Leg die Hände auf meinen Arm, so vorsichtig wie möglich.«

Ich lege eine Hand auf seinen Oberarm.

»Richte den Bruch an meinem Handgelenk, bitte ganz behutsam.« Ich kann nicht glauben, was ich hier gerade mache, aber ich weiß, dass ich ihn um jeden Preis retten muss. Denn ich bin mir ziemlich sicher: Um mich selbst zu retten, brauche ich ihn.

Ich lockere seinen Jackenärmel, und Paul zuckt vor Schmerz zusammen, bedeutet mir jedoch mit einem Nicken, weiterzumachen. Ich kann sehen, wie sich auf seiner Stirn Schweißperlen bilden.

»Schieb den Jackenärmel zurück, und dann die beiden Pullover.« Er schließt die Augen, als ich damit anfange, und fügt hinzu: »So behutsam wie möglich, bitte.«

Als ich seinen Jackenärmel hinaufschiebe, ragt die durch den gebrochenen Knochen gebildete Wölbung noch deutlicher hervor, durch den dünnen Pulloverstoff ist seine Form zu erkennen. Paul gibt erstickte, tiefe, gequälte Ächzlaute von sich, während er sich in seinen linken Jackenärmel beißt. Aber er kann einen Schmerzensschrei nicht unterdrücken, als ich beginne, den eng anliegenden Ärmel des unteren Rollkragenpullovers hochzuschieben. Der Ärmel ist mit Blut durchtränkt, und ich merke nach einigem Schieben, dass sich ein kleines Stückchen Knochen in den Stoff gebohrt hat, sodass sein Ärmel an seinem Unterarm festhängt.

»Es tut mir so leid!«

»Aahhhh!«, schreit er. Er schlägt mit seiner gesunden Faust zwei- oder dreimal in den Schnee und brüllt: »Scheiße!« Ich höre auf zu ziehen und sehe mir kurz seinen Ärmel an. Noch etwas mehr Blut sickert in den Stoff seines Pullovers.

»Lass ihn an! Lass ihn an!« Er schlägt noch zweimal mit der Faust auf den Boden und blickt mich dann mit wilden, wachen Augen an.

»Jetzt mach es, Jane … richte den Arm!«, befiehlt er.

»Ich kann dir nicht wehtun!«, rufe ich.

»Drück einfach die Knochen zusammen und richte sie so gerade, wie du kannst. Steck sie zwischen die Stöcke und wickle sie so fest wie möglich zusammen. Bitte, Jane!«

Mit einer raschen Bewegung packe ich seinen Arm und schiebe den Knochen wieder dorthin, wo ich glaube, dass er hingehört. Paul schreit wie ein wildes Tier, das in einer Falle gefangen ist, dann verstummt er und sackt auf den Boden zurück. Seine Schreie klingen mir noch in den Ohren.

Ich rufe seinen Namen, aber er reagiert nicht. Fürchterliche Schmerzen können Menschen ohnmächtig werden lassen. Oder es könnte auch einfach sein, dass die Tabletten nun ihre volle Wirkung entfalten. Ich sehe erneut nach seinem Arm, und er ist jetzt gerade, aber immer noch verdreht. Die Hand zeigt in die falsche Richtung. Ich halte den Unterarm mit meiner linken Hand fest und drehe das Handgelenk und die Hand an den richtigen Platz. Bei dem Geräusch der knirschenden Knochen dreht sich mir der Magen um.

Ich schiebe den flachsten Ast unter den Arm und lege dann zwei dünne, gerade Äste zu beiden Seiten daneben. Ich nehme einen Pulloverärmel, lege ihn direkt am Ellbogen unter den Unterarm und wickle ihn dann mehrmals darum so fest ich kann, bis der Ärmel Pauls Handgelenk erreicht. Ich schnappe mir den vierten Stock und schiebe ihn zwischen seinen Arm und das flache Stück Holz, sodass eine Schiene entsteht, die seine Hand abstützt.

Paul ist immer noch bewusstlos. Ich blicke auf und stelle fest, dass der Tag fast vorüber ist. Ich schaue mich um und versuche mir vorzustellen, was Paul nun tun würde. Zuerst Schutz suchen, das hat oberste Priorität. Dann für Wasser sorgen.

Ich ziehe die zweite Flasche mit schmelzendem Schnee unter meiner Jacke hervor. Dann taste ich nach seinen Vorräten und hebe seine Jacke an, in der noch ein mit Wasser gefüllter Beutel steckt.

Als ich die Hand unter seine Jacke schiebe, spüre ich direkt neben dem Beutel eine dicke Schwellung zwischen seinen Rippen. Ich berühre sanft seine Rippen und folge der Schürfwunde und der Schwellung von der hinteren linken Seite seines Brustkorbs bis hinauf nach vorn in die Nähe seines Herzens. Ich frage mich, ob auch seine Rippen gebrochen sind.

Was ist, wenn er stirbt? Bitte, stirb nicht.

»Mach dir nicht so viel Gedanken, was passieren könnte«, kann ich Old Doctor sagen hören. »Es ist weder hilfreich, noch solltest du deine Zeit damit verschwenden.« *Konzentrier dich, Jane.* Ich sehe mich noch einmal um und laufe dann schnell in den dichten Wald mit dem umgestürzten Baum zurück. Ich finde den Baum und sammle so viele dürre Zweige, wie ich abbrechen und tragen kann.

Ich muss fünfmal hin- und hergehen, aber schließlich habe ich genug Holz zu der Stelle befördert, an der Paul liegt, und schichte es dort zu einem Stapel auf. Ich öffne beide Schlafsäcke und decke den schlafenden Paul damit zu. Ich schaue zum Himmel auf – vermutlich erwarte ich mir Hilfe von dort. Oder zumindest Mitleid. Vielleicht suche ich auch nur nach einem Zeichen, dass ich nicht allein bin. Aber keine übersinnliche Stimme spricht zu mir und verkündet die Weisheit des Himmels. Da oben könnte genauso gut auch alles tot sein. Alles Leben findet hier unten statt.

Ich betrachte den schlafenden Paul, und mir wird klar, wie sehr er uns beim Weiterkommen aufhalten wird. Ein gebrochener Arm, eine Kopfverletzung und möglicherweise zerquetschte Rippen: Auf keinen Fall wird er in der Lage sein, hier herauszuklettern.

Ich sammle Steine von der Halde, auf die Paul gestürzt ist, um mit ihnen eine Feuerstelle zu bauen. Dann nehme ich die dünnsten und trockensten Zweige und schichte sie gitterartig übereinander auf. Ich greife in Pauls Rucksack und ziehe seine trockenen Streichhölzer und das Tagebuch seines Bruders heraus. Ich öffne es, greife nach dem Brief und lese ihn noch einmal.

Tränen treten mir in die Augen, und es schnürt mir die Kehle zu. Ich denke an das, was Paul und sein Vater wegwerfen, aber ich weiß, es ist nicht schlimmer als das, was mein Vater mir und seine Mutter ihm gestohlen hat. Ich stopfe den Brief in meine Tasche, um ihn sicher aufzubewahren, und wische mir mit dem Ärmel die Tränen weg. Ich nehme mir vor, dass ich nie wieder wissentlich einem anderen Menschen wehtun werde, wenn ich es schaffe, dieses Feuer zu entfachen.

Dann blättere ich zum Ende des Buches und reiße zehn leere Seiten heraus. Danach noch etliche weitere. Ich rolle sie fest zusammen, wie Zigaretten ohne Tabak. Früher habe ich mir meine Zigaretten selbst gedreht, daher weiß ich, um wie viel länger das Papier auf diese Weise brennen wird. Ich schiebe die Papierrollen vorsichtig unter das Gitter aus Ästen und Zweigen. Ich öffne die dünne Schachtel trockener Streichhölzer. Es sind nur noch drei übrig. Ich reiße eins an, und es brennt schon beim ersten Versuch. Ich setze die ersten fünf zusammengedrehten Seiten an ihrem unteren Ende in Brand, dann blase ich das Streichholz aus. Ich drehe es schnell um, halte das andere Ende in die Flammen, bis es brennt, und zünde damit die übrigen Papierrollen an.

Die Zweige rauchen und schwelen. Ich blase wieder und

wieder unter sie, um die schwachen Flammen mit so viel Sauerstoff wie möglich zu versorgen. Funken fliegen, und die Glut leuchtet hell auf, aber sonst passiert nicht viel. Ich werde langsam nervös, daher reiße ich noch ein paar weitere Blätter Papier heraus, rolle sie wieder zusammen und lege sie sorgfältig neben die hellste Glut. Nachdem ich einige Minuten gepustet habe, beginnt ein kleines, stetiges Feuer zu brennen, und es wird unter den Ästen immer größer. Ich lege einige große trockene Holzstücke weiter nach unten, und dann kommt das Feuer richtig in Fahrt. »Ja!«, schreie ich. »Ich danke dir!«

Ich rede nicht mit Gott. Ich weiß nicht, zu wem oder zu was ich spreche. Aber ich beginne, an all die zu denken, die ich je geliebt habe: an meinen Vater, dessen Uhr mich mit ihm verbunden hat, als ich ihn am meisten brauchte; an das Lächeln und laute Lachen meiner Mutter – so selten es seit dem Tod meines Dads zu hören war, es ist immer noch in meinem Herzen; an meine Großmutter und all die Weihnachtsmorgen, bevor dann alles endete; selbst an Old Doctor, meinen Feind und Freund. Wer wäre da noch?

Ich blicke auf Paul neben mir. Sein engelhaftes Gesicht ist gleichzeitig lieb und grob. Seine babyblauen Augen. Ich weiß: Was auch geschieht, diese Augen werden mir für immer im Gedächtnis bleiben, und in meinem Inneren werde ich immer an jedem Moment festhalten, den wir gemeinsam verbracht haben. Und dann denke ich an Will, jemand, dem ich nie begegnet bin, dessen Worte jedoch kleine energiespendende Mutmacher sind, die durch Zeit und Raum reisen, um die bösartigen Geschwüre in meiner Seele aufzuschneiden.

Jetzt knacken die trockensten Äste in der Hitze, und ich lege schnell ein noch größeres Stück Holz nach. Ich gönne mir ein wenig Zeit, um meine Hände zu wärmen. Ich habe Handschuhe getragen und meine Hände vorm Erfrieren geschützt, aber die Hitze des Feuers sticht mir in den Gliedern. Mir wird bewusst, wie tief die Kälte während der letzten drei Tage in meine Knochen eingedrungen ist.

Nach einigen Minuten rüttele ich Paul sanft wach und helfe ihm näher ans Feuer heran. Er ist benommen, aber bei Bewusstsein und in der Lage, sich zu bewegen. Er versucht, mir etwas zu sagen, doch es kommt nur Unsinn heraus. Ich flüstere ihm ins Ohr und bedeute ihm, dass er sich ausruhen soll. Er hört auf mich, schließt die Augen und nickt schnell wieder ein.

Ich ziehe das Kaninchen aus dem Plastikbeutel, der jetzt voller Blut ist. Mir gelingt es, einen der Stöcke in die Haut unter seinem weißen Fell zu rammen. Nach einigen Bemühungen schaffe ich es, den Kopf abzutrennen und die Finger unter das Hautgewebe zu schieben. Mit meinen bloßen Fingern und dem scharfen Stockende reiße ich so viel Haut wie möglich vom Körper. Ich nehme denselben Stock und ramme ihn durch den Schlund des Kaninchens. Dann halte ich es über das Feuer, ungefähr so wie ein Kind ein Marshmallow über ein Lagerfeuer halten würde. Ich hätte nie gedacht, dass ich dazu in der Lage bin zu töten, geschweige denn, das getötete Wesen auszunehmen, zuzubereiten und zu essen. Wer bin ich eigentlich?

Das Feuer ist heiß, und von dem Duft läuft mir das Wasser im Mund zusammen, und dann stelle ich mir vor, was dieser Duft bei einem Wolf oder einem Bären auslösen könnte. Mir wird flau, und dann beschließe ich, dass ich nicht alles kontrollieren kann. *Röste das Kaninchen, iss das Kaninchen.*

Ich nehme den Stock mit dem Tier, stecke sein Ende zwischen zwei Steine und lasse es nahe an den Flammen baumeln. Ich reibe Pauls Rücken, dann schmiege ich mich an ihn, um ihn warm zu halten. Ich schaue zum Himmel auf. Er ist von Wolken bedeckt. Es ist eine große, kalte Welt, aber ich glaube, dieses kleine Feuer ist genug, um uns warm zu halten, und sei es nur für einige Stunden.

29

Ich erwache allein und in der Nähe des Feuers. Während der Nacht habe ich mich von Paul, der immer noch schläft, weggerollt. Ich kann sehen, dass seine Brust sich hebt und senkt, daher weiß ich, dass er am Leben ist. Es ist noch dunkel, und der Nachthimmel ist von Sternen übersät, doch am unteren Rand des Horizonts scheint bereits Morgenlicht herauf.

Mir ist so kalt, dass mein Körper bis ins Mark zittert. Ich hatte gehofft, während der Nacht mehrmals aufzuwachen, um das Feuer zu schüren und Paul zu wecken, aber mein erschöpfter Körper hatte wohl andere Pläne. Ich schaue nach den Überresten des Feuers. Es glimmt noch immer ein wenig, und ich beuge mich rasch darüber, blase sanft hinein und schüre die Glut, bis sie rot und heiß aufleuchtet. Ich reiße reichlich Seiten aus Wills Notizbuch und baue das Feuer mit Zweigen und kleinen Ästen wieder auf, bis die Flammen in die Luft züngeln.

»Was machst du da?«

Ich drehe mich um und sehe, dass Paul sich aufgerichtet hat und mich beobachtet.

»Ich rette das Feuer – es war im Begriff auszugehen.«

»Was ist das?«, fragt Paul und zeigt auf das angekokelte Kaninchen, das ich die ganze Nacht über sozusagen auf niedriger Flamme gegart habe.

Ich hole den Stock mit dem Kaninchen am Ende herüber. Es ist schwarz verkohlt und knochentrocken. Ich greife mir ein Bein und reiße es ab. Mit den Fingern ziehe ich ab, was an

Haut übrig geblieben ist, dann beiße ich zu. Es ist der himmlisch. Salzig, zäh, wunderbar. Ich nehme noch einen Bissen und dann noch einen. Ich bin wie ein wildes Tier, das das Fleisch vom Knochen reißt.

»Wo hast du das her?«, fragt Paul.

»Ich habe es getötet. Ich bin draufgetreten und habe es dann mit dem Pflock aufgespießt, den du mir gemacht hast.«

Ich reiße einen zweiten Schenkel ab und reiche ihn Paul. Er beißt in das Fleisch und schlingt es schnell hinunter. Wir fallen über das restliche Fleisch her und vertilgen das meiste von dem, was vom Kaninchen übrig ist. Als wir fertig sind, starren wir einander einfach nur an. Und dann lacht Paul.

»Du bist eine Wilde, Solis.«

»Ich glaube auch«, sage ich mit einem Lächeln. Er scheint wieder mehr der Alte zu sein, als sei der Zorn von gestern mit seinem Sturz verflogen.

Paul greift sich an die Stirn, und getrocknetes Blut bröselt auf seine Jacke. Er sieht mich an und versucht anscheinend, die Erinnerungsbruchstücke zu einem Gesamtbild zusammenzufügen. Er ist noch ein wenig benommen, und seine Augen sind glasig.

»Was ist mit mir passiert?«

»Du bist gefallen und hast dir den Kopf angeschlagen. Und den Arm gebrochen«, antworte ich.

»Meine Brust fühlt sich an, als hätte sie auch mächtig was abbekommen.«

Er sieht mich an und zeigt dann aufs Feuer.

»Wahnsinn«, sagt er. »Wie hast du das Feuer angekriegt?«

»Ich habe Papier aus dem Notizbuch deines Bruders benutzt. Das musste ich. Tut mir leid.«

Pauls Gesicht verfinstert sich für einen Moment, und dann

stützt er den Kopf in seine unversehrte Hand. Er denkt darüber nach, was er tun oder sagen soll – vermutlich, ob ich umarmt oder verstoßen werden sollte. Er schaut auf, und seine Augen sind trübe und wässrig. Dann ergreift er das Wort.

»Du hast uns warm gehalten. Du hast uns Essen gemacht, das uns vielleicht das Leben rettet. Das ist wichtiger als eine Erinnerung.«

Ich nicke.

»Du hast ihn gelesen – ich erinnere mich, dass du den Brief gelesen hast«, sagt er leise.

»Es tut mir leid«, erwidere ich.

Paul schaut mir in die Augen. Dann schiebt er sich näher ans Feuer heran. Er zuckt bei jeder kleinen Bewegung zusammen. Ich hebe seinen Schlafsack auf, breite ihn über ihm aus, und wir kuscheln uns zusammen dicht ans Feuer. Ich reiße das letzte Stück Bein aus dem Kaninchen und drücke es ihm in seine gesunde Hand. Er beißt hinein und stöhnt vor Wonne.

»Will und ich haben sechzehn Jahre im selben Zimmer geschlafen«, beginnt er. »Er hat immer alle möglichen verrückten Sachen geschrieben. Er war ein Schriftsteller, wie mein Dad. Als er dann starb, hat Dad mich, glaube ich, dafür gehasst, dass ich am Leben war. Das klingt zwar verrückt, aber ich denke, es ist wahr.«

»Ja, sie können einen dafür hassen, dass man lebt. Ich weiß, dass das wahr ist«, sage ich und spüre die überwältigende Wahrheit meiner Worte, obwohl ich es bisher nie wirklich so betrachtet habe. So sehr meine Mutter mich liebt, sie verübelt es mir, dass ich hier bin und er fort ist. Ich habe bisher noch nie zugelassen, dass dieser Gedanke in meinem Bewusstsein feste Form annimmt, aber nun ist er da, so klar und deutlich wie jede Wahrheit der Welt.

Er schließt die Augen und legt den Kopf an meine Schulter.

»Will ist an Krebs gestorben, nicht wahr?«

Paul dreht den Kopf zu mir. Ich sehe Tränen in seinen Augen aufsteigen.

»Es ist okay, wenn du nicht darüber reden willst.«

»Scheißleukämie. Ich sitze manchmal da und warte, dass sie sich auch in mir auszubreiten beginnt.« Er macht eine Pause und fährt fort. »Es ging schnell, nicht länger als sechs Monate. In dem einen Moment waren wir noch am Strand und lasen – nun ja, er hat gelesen, ich habe wahrscheinlich gesurft. Und als der Winter kam, war er tot.«

»Das tut mir leid«, sage ich. »Je schneller sie sterben, umso schlimmer ist es, glaube ich. Wenn es lange dauert, hat man wenigstens Zeit, sich darauf vorzubereiten.«

Paul greift nach meiner Hand. Ich lege meine andere Hand auf seine und bette den Kopf dann sanft in seinen Schoß.

Ein eisiger Wind kommt auf und fährt uns schneidend ins Gesicht.

»*Verdammt*, ist das kalt«, murmelt Paul.

Ich schaue zu dem Berg vor uns auf. Er ist nicht sehr hoch, hat aber einen steilen Gipfel, und ich frage mich, ob Paul überhaupt hinaufklettern kann. Es beginnt wieder zu schneien, und die aufziehenden Wolken verkünden, dass uns neues schlechtes Wetter bevorsteht.

»Kannst du klettern?«, frage ich.

»Ja. Ich könnte noch ohne Arme und Beine klettern.«

»Gut.«

Er richtet sich auf, greift dann in seine Tasche und zieht das Päckchen Zigaretten heraus, das er dem toten Piloten abgeknöpft hat.

»Es geht doch nichts über eine Zigarette nach dem Essen, nicht wahr?«

»Sie verursachen Krebs«, sage ich. Ich lächle, weil ich weiß, dass es angesichts unserer Situation völlig unerheblich ist. Ich konnte mir diese Bemerkung allerdings nicht verkneifen.

»Meine Mutter würde von den Toten auferstehen, wenn sie so ein Ding in meinem Mund sehen würde.«

»Ich denke, mittlerweile haben wir uns so etwas wie einen Freifahrtschein verdient, meinst du nicht auch?«

»Ja. Unser Motto lautet: ›An der Schwelle des Todes ist alles erlaubt.‹«

Wir zünden die Zigaretten am Feuer an und rauchen. Ich mache einen tiefen Lungenzug und huste ein wenig. Paul raucht seine Zigarette einfach hastig auf.

»Ich habe angefangen zu rauchen, nachdem sie gestorben war. Ich weiß, dass es nicht sonderlich vernünftig war, aber ich wollte einfach zu allem und jedem ›Leck mich‹ sagen. Es hat meinen Bruder wahnsinnig gemacht, und mein Vater hat mir meine Zigarettenpäckchen weggenommen und sie in den Müll geworfen, wenn er sie in die Finger bekam.«

»Man macht verrückte Dinge, wenn Menschen sterben. Stimmt.«

»Ja, verrückt ist das Einzige, was sich real anfühlt.«

Ich nicke, dann nehme ich einen tiefen Zug. Ich blicke zu Paul hoch und werfe den Filterstummel ins Feuer, bevor ich mich aufsetze und den Kopf an seine Schulter lehne.

Sobald auch er mit seiner Zigarette fertig ist, steht er zum ersten Mal seit seinem Sturz auf. Er zuckt zusammen, hält sich die Seite seiner Brust, und für einen Moment überwältigt ihn der Schmerz. Er neigt sich nach vorn und nimmt eine halb kniende Haltung ein.

»Geht's?«, frage ich.

Er hebt die Hand. Er verharrt für einige Sekunden so, das eine Knie auf dem Boden, und sammelt seine Kraft. Der Wind wird stärker und bläst gefrorenen Schnee von den Verwehungen. Plötzlich steht Paul auf und stößt ein lautes Ächzen aus. Sein Gesicht ist rot und glüht vor Anstrengung, die es ihn offenbar kostet, diese normalerweise simple Bewegungsfolge auszuführen.

Ich reiche ihm das Medikamentenfläschchen mit den Paracetamol-Tabletten und eine der Wasserflaschen. Er nimmt eine Handvoll Tabletten und trinkt das restliche Wasser.

»Ich bin so weit«, sagt er.

Wir steuern auf den Bergpass zu, der die beiden Gipfel verbindet. Ich sehe Tierspuren, die in beide Richtungen über den Pass verlaufen. Ein gutes Zeichen. Mir wird klar, dass das, was wir aus der Ferne gesehen haben – was Paul als eine natürliche Brücke bezeichnet hat –, einfach der höchste Punkt ist, wo die Felsmassen verbunden geblieben sind. Was wir erst entdeckt hatten, war den Tieren bereits bekannt: Hier ist die einzige Stelle, an der man hinüberkommt, wenn man einen lebensgefährlichen Abstieg hinunter ins Talbecken vermeiden will. Der Felsrücken ist nur etwa drei Meter breit, an manchen Stellen noch schmaler, und zu beiden Seiten fallen schroffe Felswände hinab. Oben auf dem Grat liegt der Übergang wie ein schmaler Sattel mit sehr steilen Abgründen zu beiden Seiten.

Der Pass ist von Eis und Schnee bedeckt, daher seilen wir uns an.

»Ich gehe voran«, sage ich.

Er wirft mir einen verschmitzten Blick zu und sagt: »Die Welt ist manchmal schon komisch.«

»Ja, ist schon irgendwie verrückt, aber ich schätze, ich habe jetzt das Kommando, oder?«

»Ja, stimmt wohl«, antwortet er und bedeutet mir mit einem Nicken zu gehen.

Ich mache mich auf den Weg, und obwohl reichlich Platz links und rechts von mir ist, flattert mir das Herz in der Brust. Der Untergrund ist eisglatt und zerklüftet, und mehr als einmal verliere ich beinah den Halt. Ich beschließe, mich hinzulegen und hinüberzukriechen. Nachdem ich einige Meter kriechend hinter mich gebracht habe, erreiche ich die Mitte, und der Grat ist für die nächsten drei Meter nur noch einen knappen Meter breit.

Ich fasse den Entschluss, mich ganz flach hinzulegen und mit Armen und Beinen den Grat rechts und links zu umklammern, da ich befürchte, über die Felskante hinabzustürzen, wenn ich versuche, auf den Knien über diesen schmalen vereisten Streifen zu kriechen.

Ich rutsche hinüber und bewege mich so langsam und vorsichtig, wie es geht. Ich sehe mich ein paarmal zu Paul um, der auf Händen und Knien kriecht. Ich höre ihn die ganze Zeit über ächzen, und ich kann nur ahnen, wie schmerzhaft es für ihn sein muss, wenn er ins Rutschen gerät. Um auf diesem schmalen Übergang das Gleichgewicht zu halten, muss man ständig die Muskeln des Oberkörpers anspannen, jene Muskelgruppe, die meine Sportlehrerin in der Mittelstufe »dein Zentrum« nannte. Pauls Zentrum ist voller Prellungen und vielleicht auch Brüche. Selbst eine relativ einfache Bergwanderung wie die, die vor uns liegt, muss für ihn furchtbar qualvoll sein.

»Du musst dieses Stück auf dem Bauch rüberrutschen«, brülle ich. Ich sehe Paul nicken, und er versucht, sich flach hinzulegen, aber die Schmerzen sind zu heftig. Er schüttelt den

Kopf, um mir zu bedeuten, dass es nicht geht. Ich gebe ihm mit der Hand ein Zeichen zu warten.

Ich rutsche über die schmale Stelle des Grates hinüber, dann stehe ich auf. Ich bohre die Fersen in den Schnee, um so viel Halt wie möglich zu haben. Dann wickele ich das Seil dreimal um meine Unterarme und mache mich bereit. Für eine Sekunde packt mich der Zweifel, doch ich verscheuche ihn rasch. Ich weiß, dass ich Paul niemals halten kann, wenn er in den Abgrund hinabrutscht, aber ich kann ihn nicht im Stich lassen.

Ich nicke ihm zu, um ihm mitzuteilen, dass ich bereit bin. Paul sieht mich an und schüttelt den Kopf.

»Du kannst mich nicht halten, wenn ich abstürze. Das ist Selbstmord«, brüllt er. »Entschuldigung – du weißt, was ich meine.«

»Ich lasse nicht los«, schreie ich zurück. »Du hast mich an der Steilwand auch nicht losgelassen.«

»Das war etwas anderes – wir hatten eine *Chance!*«

Dann lässt Paul sich auf den Bauch nieder, und er schreit: »*Scheiße*, tut das weh.« Ich weiß, er tut das für mich, um mein Leben nicht zu gefährden, zumindest nicht allzu sehr. *Opfer.* Das Wort tanzt in meinem Kopf, und ich muss unwillkürlich daran denken, wie nahe Selbstopferung und Selbstmord beieinanderliegen; doch scheint es so viel heldenhafter, für jemand anderen zu sterben. Paul rutscht vorsichtig vorwärts, aber es geht nur langsam voran. Ich ziehe behutsam am Seil und bewege mich rückwärts. Jedes Mal, wenn er eines seiner Beine vorschiebt, gebe ich dem Seil einen kleinen Ruck, um ihm zu helfen. Paul schreit und brüllt bei jeder Rutschbewegung, aber er kommt voran. Nach etwa einer Viertelstunde hat er den Engpass überquert.

Als er endlich aufstehen kann, umarmen wir einander.

»Danke«, sagt er.
»Was habe ich denn getan?«, frage ich perplex.
»Du warst bereit, für mich zu sterben«, gibt er zurück. »Danke.«
Ich stelle mich auf die Zehen und küsse seine eisigen Lippen. Ich weine. Ich lege, so sanft ich kann, eine Hand an seine Seite und frage, ob alles in Ordnung ist.
Er nickt, aber seine Augen verraten, unter welch fürchterlichen Schmerzen er leidet.
Neue Hoffnung steigt in mir auf, als wir nun am Fuß des Gipfels stehen.
Wir klettern. Der Hang ist steil und im unteren Bereich dicht mit Bäumen bewachsen, vor allem mit Kiefern. Ich führe uns den Berg hinauf.
Wir brauchen den ganzen Vormittag, um die ersten hundert Meter hochzusteigen. Unsere Gesichter sind zerkratzt und aufgeschürft, und messerscharfe Zweige haben unsere Hälse zerschunden. Bei fast jedem Schritt schreit, ächzt oder flucht Paul vor Schmerz. Am meisten tut ihm die Brust weh. Ich rufe ihm einige Male etwas zu, aber er beachtet mich nicht.
Ich bahne mir einen Weg durch eine dichte Baumgruppe, stoße auf eine Bresche, und dann hört der Wald auf.
Ich bin mir nicht sicher, ob wir schon die Baumgrenze erreicht haben oder ob es hier oben nur zu wenig Wasser für eine durchgehende Bewaldung gibt. Aber ich kann von meinem Platz aus den Gipfel sehen. Der Weg nach oben liegt frei und deutlich sichtbar vor mir, hier und da unterbrochen von einzelnen Bäumen, Felsen und Schneefeldern.
»Paul!«, rufe ich.
Sein Handschuh fährt als Erstes durch die Büsche, als er aus den Bäumen heraustritt. Sein Gesicht ist bleich und aus-

druckslos, als würde ihm das Blut aus dem Körper gepumpt. Seine Beine zittern, und er fällt vor meine Füße. Ich knie mich schnell neben ihn, und in einer plötzlichen Gefühlswallung von Angst und Ergriffenheit küsse ich ihn auf die Stirn und aufs Haar.

»Paul? Paul?«

Er antwortet nicht, doch seine rechte Hand bewegt sich und drückt mich.

»Ich schaffe es nicht, Solis. Geh du weiter.«

»Niemals«, widerspreche ich. »Ich weiß, dass es wehtut, aber du schaffst das.«

Er drückt mich wieder, und ich drücke zurück und küsse ihn noch mal auf den Kopf.

»Ich erinnere mich jetzt wieder.«

»Woran denn?«

»Ich erinnere mich, dass du sterben wolltest. Im Flugzeug.«

»Ja, das habe ich dir erzählt. Aber jetzt will ich es nicht mehr.«

»Ich will nicht sterben«, flüstert er.

»Ich werde dich auch nicht lassen. Außerdem müssen wir noch diesen kleinen Berg hier hoch.«

Doch wir klettern nicht sofort weiter. Er legt den Kopf auf meinen Schoß und schließt die Augen. Der Schlaf überwältigt ihn bald, und ich halte ihn und versuche, seine Schmerzen zu lindern und ihn so gut wie möglich zu wärmen. Es schneit leicht, und der Wind ist noch einmal stärker geworden. Es ist sehr kalt ohne den Schutz der Bäume. Ich beschließe, dass ich ihm fünfzehn Minuten geben werde, vielleicht zwanzig, aber dann werde ich ihn wecken. Wir dürfen nicht hier auf diesem Berg von einem Sturm überrascht werden.

Ich erwache und weiß nicht, wie lange ich geschlafen habe. Erschrocken schüttele ich Paul. Er schläft tief und fest, aber ich kann ihn schnell wecken. Er fährt hoch und starrt mich dann an, mit einem Blick, wie nur er ihn hat.

»Hast du gedacht, ich sei tot?«

»Nein«, antworte ich sofort, doch ich schaue ihn dabei nicht an. Ich will ihm meine Angst nicht zeigen.

»Ich hab etwas für dich«, sagt er. Er zieht das Stück Schokoriegel aus seiner Tasche, das ich ihm am Tag zuvor gegeben habe. »Ich habe das aufgehoben, für den Fall, dass wir eine Zusatzration brauchen.« Er bricht den Rest des Riegels entzwei und reicht mir ein Stück.

»Ich kann nicht.«

»Doch, kannst du«, sagt er. »Mund auf.«

Ich lächle, dann knie ich mich neben ihn, und er schiebt sich das Stück Schokolade zwischen die Zähne. Ich beuge mich vor, küsse ihn und beiße die Hälfte ab.

»Das war doch gar nicht so schwer. Oder?«

Ich schüttele den Kopf, nein, war es nicht. Ich muss erneut lächeln. Ich kann jede Zutat der Schokolade einzeln herausschmecken: das Salz, den Zucker, die Milch.

»Das war nicht das letzte Mal, weißt du.«

»Ja, das weiß ich. Und es wird noch viel, viel mehr davon geben.«

Eifrig und mit neuem Elan rappelt er sich auf, was mich positiv überrascht.

Wir beginnen den Aufstieg und steuern entschlossen das Ziel an. Diesmal übernimmt Paul die Führung. Seine Kraft scheint zurückzukehren: wie eine Pflanze, die in der Sonne wieder aufblüht, nachdem sie in einer langen kalten Nacht ihr Köpfchen hat hängen lassen.

Ich fühle mich, als würde ich schweben. Ich lehne mich gegen den Berg, wie Paul es mir gezeigt hat, und ramme meine Stöcke im Fünfundvierzig-Grad-Winkel in den Schnee, sodass sie mein Gewicht halbwegs halten können. Meine Stiefel sind alt und ohne besonderes Profil, also muss ich sie tief in den Schnee rammen, um auf dem felsigen Untergrund nicht abzurutschen. Vereinzelt ragen Gestein und kleine Büsche aus dem Schnee, an denen ich mich festkrallen kann. Wir kommen besser voran, als ich zu hoffen gewagt hätte, und als wir die Kammlinie und den Gipfelpunkt erreichen, haben wir das Tal bereits weit hinter uns gelassen.

Ich schaue noch einmal zurück und betrachte dieses langsam dunkler werdende Tal, aus dem wir gerade heraufgeklettert sind. Aus dieser Perspektive kann ich sehen, wie die Vorsprünge und Felsspalten, die Steilwände und Überhänge nun alle eingeebnet sind und zu einer majestätischen, romantischen Aussicht verschwimmen. Ein verführerischer Zauber geht von diesem Anblick aus, und hätte ich mich nicht gerade eben erst im Schweiße meines Angesichts abrackern müssen, um dort herauszuklettern, würde ich wahrscheinlich nur diese Schönheit bewundern.

Während ich zurückblicke, schaut Paul nach vorn, auf unser nächstes Ziel. Und er sieht zu der schweren Wolkendecke über uns auf. Der Schnee fällt jetzt immer heftiger, der Wind pfeift uns hier oben gewaltig um die Ohren, und wir sind allen Elementen vollkommen schutzlos ausgeliefert.

In weiter Ferne kann man jedoch eindeutig einen Weg erkennen, der von diesem Berg hinabführt. Wir sind nur etwa einen Tag von der Ebene und einer möglichen Rettung entfernt.

Wir sehen einander an, und er zieht mich an sich und sagt: »Fast zu Hause, Solis.«

30

Wir gehen ein kurzes Stück über den Berggipfel. Vor uns erstreckt sich ein lang gezogener Gebirgskamm. Wir finden eine riesige Ansammlung von Felsblöcken nicht allzu weit von der Abbruchkante entfernt. Die Felsen türmen sich übereinander, als hätte eine gigantische Welle sie hierhergetragen und sie dann wie unzählige Mikadostäbe fallen gelassen. Wir untersuchen das Gelände, bis wir eine steinerne Nische zwischen zwei aneinander gelehnten Blöcken finden und hineinschlüpfen. Eine natürliche Höhle.

Paul verschnauft ein wenig, während ich mich draußen auf die Suche nach trockenem Holz mache. Doch hier oben ist nichts zu finden, außerdem ist der Schnee klatschnass. Wir sind wohl auf dem Mond gelandet, denke ich, nur dass es vielleicht noch kälter ist.

Ich suche den Weg zurück in unseren Unterschlupf. Paul hat bereits unsere Schlafsäcke ausgelegt. Er hat unsere Wasserflaschen herausgeholt, und wir haben genug geschmolzenen Schnee, um ein paar große Schlucke zu nehmen. Mein Körper saugt die Flüssigkeit in sich auf. Ich spüre, wie das kalte Wasser in meinem Brustkorb hinabrinnt und verschwindet. Auch wenn es kalt ist, schmeckt es besser als alles andere je zuvor.

Ich schlüpfe in die Schlafsäcke. Diesmal liegt Paul mit dem Gesicht zu mir. Wir sehen einander in die Augen, und eine gefühlte Ewigkeit vergeht, ohne dass einer etwas sagt. Was gibt es auch zu sagen? Wir haben kein Essen. Wir sind allein und liegen zusammen am Rand eines Abgrunds, der mit ziemlicher Wahrscheinlichkeit unser Tod sein wird. Aber es besteht immer noch die geringe Hoffnung auf Rettung und Erlösung. Sie könnte nur einen Augenblick entfernt sein, der Tod andererseits aber auch.

Seine linke Hand liegt flach auf meinem Rücken, und er zieht mich fest an sich und küsst mich auf die Lippen. Unsere Lippen sind hart und rissig, doch der Kuss ist zarter als alles, was ich je zuvor gespürt habe. Ich erwidere seinen Kuss, zuerst auf den Mund, dann auf seine Wange, seinen Hals.

Seine Hand ist kalt, und ich kann sie auf meinem Körper spüren, wie sie sich über meine Haut bewegt und liebkost und berührt und oft weiter geht, als ich erwarte, aber hin zu dem, was ich will.

Ich berühre ihn ebenfalls, und wir erkunden einander so vollständig, wie wir das angesichts der Kälte und seiner Verletzungen tun können. Leise und zärtlich flüsternd tun wir einander unser Zögern und unsere Zustimmung kund, perfekt aufeinander eingestimmt. Er dreht mich auf den Rücken und presst seinen ganzen Körper gegen meinen. Er küsst mich, und ich vergesse die Welt. Die Vergangenheit. Die Zukunft. Unseren Schmerz und unser Leiden. Alles verschwindet für eine scheinbare Ewigkeit in einer Art unbeschreiblicher Wonne.

Wir werden beide vom Heulen des Windes und von den Schneeflocken geweckt, die in unseren Unterstand wehen: Hinweise darauf, dass ein Sturm aufzieht.

»He«, sagt er und küsst mich auf den Mund.

»He«, antworte ich.

»Solis?«

»Ja«, sage ich.

»Wenn der Sturm sich legt, musst du mich verlassen.«

Überrascht hebe ich den Kopf.

»Sei nicht albern.«

»Du musst. Ich sterbe. Wenn du nicht gehst, werde ich auf jeden Fall hier sterben, und mir wäre lieber, nicht hier zu sterben.«

Wie gewonnen, so zerronnen. Darum hasse ich dieses Leben. Ich schließe die Augen und sehe meinen Vater, wie er Lametta an unseren Weihnachtsbaum hängt. Mein Strumpf hängt neben seinem und dem von Mum. Überall sind Zuckerstangen. Er vollführt einen verrückten Tanz um den Baum herum und singt: »Hier kommt der Weihnachtsmann, hier kommt der Weihnachtsmann.« Er reicht mir ein Geschenk. »Eine Kleinigkeit vorab, Liebling.« Und dann verschwindet er in die Küche und schließlich ins Schlafzimmer, wo er sich später in der Nacht den Schädel wegpusten wird. Ich habe das Geschenk immer noch. Es war ein Porträt, das er von mir gemalt hat. Ich trage ein weißes Kleidchen, auf das gelbe und rosafarbene Herzen aufgenäht sind. Meine Mutter hat dieses Kleidchen genäht. Ich habe das Porträt behalten, auch wenn ich Old Doctor etwas anderes erzählt habe. Und manchmal ziehe ich es hervor und weine, wie ich es auch jetzt tue, wenn ich nur daran denke. Aber es wäre gelogen, würde ich leugnen, dass diese Erinnerung nicht auch mit ein wenig Freude verbunden ist.

Er nimmt meine Hand und führt sie zu der Stelle, wo seine Rippen gebrochen sind, und ich kann die Schwellung und die Hitze, die von seiner Brust aufsteigt, fühlen.

»Ich habe innere Blutungen«, sagt er. »Ich spüre es. Ich habe das Gefühl, dass mein Herz schwächer wird.«

Ein Schluchzer steigt aus dem Nichts auf, und ich lege den

Kopf an seine Brust. Ich weine, immer lauter und heftiger, und er hält mich fest und streichelt mein Haar.

Ich küsse ihn einige Male auf den Hals, dann sehe ich in seine Augen. Noch nie zuvor hat jemand so zu mir gesprochen. Für einen Moment weiß ich nicht, was ich antworten soll, und plötzlich ist ein großer Kloß in meinem Hals.

»Was kann ich tun?«, weine ich.

»Im Moment gar nichts. Aber wenn der Sturm sich legt, verlass mich.«

Es folgt eine lange Pause, und ich versuche, all die Gefühle zu verarbeiten, die in mir wogen. Ich bin am Boden zerstört, doch ich halte mich an einem simplen Gedanken fest.

»Ich werde Hilfe holen.«

Er nickt, aber es bedeutet nicht: Ja, hole Hilfe für mich. Es bedeutet: Sag, was immer du sagen musst, um weggehen zu können und dabei ein gutes Gewissen zu haben. Lüge, wenn du musst, aber mach für uns beide weiter.

»Lies mir vor«, bittet er nach langem Schweigen. »Den Brief.« Ich kann jetzt die dunklen Ringe unter seinen Augen sehen. Ich betrachte seine Haut genauer, und selbst in der Dunkelheit hat seine bleiche Haut einen gelblichen Schimmer.

Ich ziehe den Brief aus meiner Tasche und beginne zu lesen.

Ich spüre, wie ein leises Schluchzen durch Pauls Körper pulst, und ich höre auf und horche.

»Alles in Ordnung? Ist es zu viel für dich?«

»Nein, es ist gut so. Ich vermisse ihn.«

»Es tut mir leid.«

»Er ist ein oder zwei Tage vor meinem sechzehnten Geburtstag gestorben. Es ist irgendwie schön zu hören, wie sich deine Stimme mit seiner überlagert.«

»Soll ich weiterlesen?«

»Ja.«

Ich fahre mit der Hand durch sein Haar und küsse ihn auf die Wange. Ich fange noch einmal von vorn an und lese ihm vor. Und dann lese ich den Brief noch mal, und Tränen rinnen über sein Gesicht.

Als ich fertig bin, greift Paul nach mir, zieht mich an sich und küsst mich.

»Kannst du mir ein Blatt Papier aus dem Tagebuch reißen und mir den Stift aus meinem Rucksack geben?«

Ich greife nach seinem Rucksack und finde einen Stift. Ich reiße ein Blatt aus dem Büchlein und reiche es ihm. Er kritzelt schnell einige Wörter darauf und faltet das Blatt zusammen.

»Gib das meinem Vater, wenn du unten bist«, sagt er.

»Gib es ihm einfach selbst, okay?«, presse ich mit tränenerstickter Stimme hervor.

Er legt mir die Hand aufs Gesicht, während Tränen meine Wangen herunterkullern. Kalte Luft wirbelt um uns herum.

Wir küssen uns wieder und wieder. Dann öffne ich das Blatt und lese seine Nachricht. Sie ist so einfach, dass es mir das Herz bricht:

Dad,

ich liebe dich. Es tut mir leid.

Paul

31

Ich erwache vor ihm, und von einer dunklen Vorahnung getrieben lege ich sofort eine Hand auf Pauls Brust, um mich davon zu überzeugen, dass er noch lebt. Sein Herz schlägt, und ich kann seine Atmung hören. Doch sie geht flach und keuchend. Die lange Ruhepause hat meinem Körper neue Kraft verliehen, und obwohl ich steif und kalt bin, fühle ich mich stark und entschlossen. Ich werde Hilfe für Paul holen oder bei dem Versuch sterben.

Während er schläft, packe ich meinen Schlafsack und stecke meine Flasche ein. Ich schnappe mir die Steigstöcke, allerdings hoffe ich, dass ich sie nicht brauchen werde.

Als ich so weit bin, rüttele ich Paul, und er streckt die Hand aus und greift nach meiner.

»Komm mich holen. Selbst wenn es lange nach meinem Tod ist. Versprich mir, dass du hierher zurückkommen wirst.«

»Hör auf damit. Ich werde jemanden herbringen, der dir helfen wird. Du wirst am Leben sein, wenn ich zurückkomme.«

Meine Stimme versagt bei dem Wort *Leben.* Ich betrachte seinen Körper, und ich kann sehen, wie kalt und bleich und zerschunden er ist. Meine Hoffnung schwindet von Sekunde zu Sekunde, genauso wie das Blut aus seinem Körper sickert. Ich fühle mich hilflos und zornig, aber ich reiße mich zusammen und zeige ihm, dass ich keine Angst um mich oder ihn habe und dass ich schon bald mit Hilfe zurück sein werde.

»Ist schon gut«, sagt er. »Vielleicht hat das Schicksal andere Pläne.«

»Glaubst du an so was?«

»Ich glaube daran, dass wir einander gefunden haben.«

»Als sei es uns so bestimmt gewesen.«

Er nickt.

»Bevor meine Mutter starb, sagte sie mir, sie werde ein Stern in der Nacht sein und ich könne immer hinaufschauen und sie finden. Ich habe das lange Zeit wirklich geglaubt.«

»Das ist sehr rührend«, antworte ich.

»Ich bin für dich da, wenn du mich brauchst«, meint er und sinkt zurück, als fehle ihm die Kraft, sich aufrechtzuhalten.

»Ja«, sage ich, »ich auch. Wenn du mich brauchst.«

Ich küsse ihn ein letztes Mal so leidenschaftlich und liebevoll, wie meine trockenen Lippen und mein trauriges Herz es zulassen. Er drückt seine Wange zärtlich an meine. Dann küsst er mich noch einmal auf die Augen und flüstert: »Leb wohl.«

Mir entfährt ein kurzer Schluchzer, und ich spüre, wie seine Brust sich hebt, und wir umarmen einander noch einen Moment länger. Dann wende ich mich von ihm ab, rappele mich auf und gehe los.

»Ich liebe dich, Jane«, ruft er.

Ich bleibe stehen und drehe mich um. Ich nehme ihn mit den Augen tief in mich auf, damit mein Herz und mein Verstand diesen Moment und diesen schönen Jungen, der immer mein sein wird, für immer und ewig in Erinnerung behalten werden. »Ich liebe dich auch«, weine ich. Ich hebe meinen großen Fäustling an den Mund und werfe ihm eine Kusshand zu. Er lächelt sein breites, schiefes, unbeholfenes, wunderschönes Lächeln. Ich werde es niemals vergessen.

Ich lasse unseren Unterschlupf hinter mir. Er ist nun allein mit den Worten seines Bruders, der Erinnerung an meinen Kuss und der Angst, dass das Ende seiner Zeit auf Erden gekommen ist. *Ich werde Hilfe holen.*

Ich stapfe den Bergkamm entlang, und es ist fast so, als bewege ich mich durch Wolken. Der Gebirgsnebel hüllt mich ein, und ich kann unmöglich sagen, wohin mich mein Weg führt. Paul hat mir eingebläut, direkt auf dem Kamm zu gehen, und nach dem zu urteilen, was ich vor dem letzten Sturm bei klarer Sicht gesehen habe, müsste der Kamm irgendwo hier in dieser Gegend anfangen, niedriger und flacher zu werden. Wenn ich auf ebenes Terrain hinuntergelangen kann, in freies Gelände, und wenn es aufhört zu schneien und die Wolkenbänke abziehen, wird mich bestimmt ein Flugzeug finden oder irgendjemand, der nach uns sucht.

Das sind eine ganze Menge »Wenns«.

Der Kamm wird nun tatsächlich immer flacher und geht dann in einen steilen, langen Hang über, der nicht annähernd so felsig ist wie das Tal zuvor. Die Baumgrenze kommt in Sicht, und ich bin dankbar für den Schutz vor dem Wind, den mir die Bäume bieten. Ich schaue oft zum Himmel auf und hoffe, ein Flugzeug zu sehen. Einmal höre ich ein Geräusch in weiter Ferne, und ich gebe mich der Vorstellung hin, dass mich ein Flugzeug entdeckt und dann vom Himmel geschossen kommt, um Paul zu retten. Ich verbanne alle Gedanken an ihn, wie er allein dort in unserem Unterschlupf liegt, aus meinem Kopf und lasse im Geist einfach noch einmal unsere letzte gemeinsame Nacht Revue passieren, wieder und immer wieder.

Am frühen Nachmittag zittern meine Beine, und mein Gang wird unsicher und wackelig. Jeder Schritt verlangt mir eine unglaubliche Kraft ab, die mein Körper nicht mehr hat. Gewaltsam konzentriere ich mich aufs Weitergehen und wiederhole Pauls Namen wie ein Mantra. Wenn eine Suchmannschaft mich jetzt finden würde, hielte man mich wohl für eine Obdachlose, die irgendeinen irren Singsang über einen lang verlorenen Verwandten vor sich hin brabbelt. Aber es ist dieses Singen, die Wiederholung seines bloßen Namens, was mich aufrecht hält.

Am späten Nachmittag habe ich die Talsohle erreicht, und ich überblicke eine weite, flache, baumlose Ebene. Mein Verstand sagt mir, dass man mich hier bestimmt einfacher aufspüren wird. Mein Bauchgefühl stellt sich jedoch meiner Zuversicht in den Weg. Schutz. Ich kann Pauls Stimme hören, der sagt, dass nach Wasser der Unterschlupf am wichtigsten ist. Die Bäume und Felsen bieten mir Schutz und die besten Überlebenschancen, falls das Wetter umschlägt, aber das offene Gelände verspricht die größte Wahrscheinlichkeit, dass ich gefunden werde und Paul gerettet werden kann.

Ich wage den ersten Schritt in die endlose Weite und versinke tief im Schnee. Seine Höhe und Beschaffenheit ist mit derjenigen auf dem von Bäumen geschützten Berghang nicht im Mindesten vergleichbar. Zudem ist es nicht kalt genug, sodass der Schnee nicht festfriert, wie oben auf dem Berggipfel. *Flipp jetzt bloß nicht aus*, befehle ich mir, während ich einen zweiten Schritt und dann noch einen mache. Es ist schwer, und ich komme kaum voran. Meine Beine sind so müde, dass ich jedes Fünkchen Kraft brauche, um die Füße wieder aus dem Schnee zu ziehen. Je weiter ich in die offene Landschaft hinausstapfe, umso tiefer werden die Verwehungen, und als dann urplötzlich die Nacht hereinbricht, bin ich deprimiert über die klägliche Strecke, die ich bisher zurückgelegt habe.

Der Wind frischt auf und ist teuflischer als bisher. Mit jeder Bö spüre ich, wie die Temperatur sinkt. Nun ist es also wieder so weit. Auf die eine oder andere Weise durchlebe ich zum wiederholten Male diesen Moment im Flugzeug mit den Pillen in meiner Hand. Ich werde es niemals über diese verschneite Steppe schaffen, und es ist so bitterkalt, dass ich die Nacht nie und nimmer überleben werde.

Ich bleibe stehen, drehe den Rücken in den Wind und blicke zurück zu Paul. *Es tut mir leid,* denke ich. Eine Träne gefriert mitten auf meiner Wange, und ich stelle mir sein Gesicht vor. Worte erreichen mich und verbinden uns. *Der Schnee ist dein Freund,* höre ich ihn sagen. Ich kann mich nicht erinnern, dass er das vorher schon mal zu mir gesagt hat, aber das Wort *Schnee* hallt mir durch Kopf und Herz. Ich beginne zu graben, so lange bis ich auf Erdboden stoße. Das Loch ist vielleicht einen Meter tief. Ich bahne mir meinen Weg zurück zu Paul, hebe ein Grab von der Länge meines Körpers aus. Ich wickele meinen Schlafsack auf und stelle mich hinein. Ich ziehe den Reißverschluss hoch bis an die Achseln und setze mich in mein Schneegrab.

Ich schaufele rasch Schnee auf meine Füße und meine Beine und bedecke schließlich auch meine Brust. Ich schließe meinen Schlafsack ganz, lasse aber einen Arm draußen und schaufle mit der rechten Hand so viel Schnee wie irgend möglich über mich. Ich ziehe die Hand in den Schlafsack und lausche auf mein Schicksal, spüre ihm nach. Der Wind hat sich gelegt, oder zumindest bekomme ich ihn hier unten nicht mehr so ab. Der Schlafsack hält meine Wärme drinnen, und die Kälte des Schnees dringt nicht zu mir durch, zumindest jetzt noch nicht.

Ich lächle, als ich Paul sagen höre: *Gut gemacht, Solis.* Ich schließe die Augen, und kurz bevor ich einschlafe, schießt ein Gedanke durch meinen Kopf: *Er hat zu mir gesprochen. Das war keine Erinnerung.*

32

Wieder eine Nacht ohne Träume. Tot. Lautlos. Ich erwache vor Tagesanbruch. Kein Geräusch ist zu hören. Kein Heulen. Kein Wind. Mir ist zwar noch warm, aber die Kälte des Schnees ist jetzt zu spüren.

Augenblicklich wühle ich mich aus meinem Nachtlager und stehe auf.

»Ich lebe«, rufe ich. »Paul, wo immer du bist, ich lebe.«

Ich rolle meinen Schlafsack zusammen und trinke die kleine Menge Wasser, die über Nacht in meiner Flasche geschmolzen ist. Meine Beine haben sich nicht erholt, und vom allerersten Schritt an schmerzen sie wie verrückt.

Ich kämpfe mich durch die grenzenlose Weite, und je länger ich gehe, desto endloser kommt sie mir vor. Ich habe das Gefühl, dass mir jemand folgt, schaue mich immer wieder um, und zweifle mehr und mehr an meinem Verstand. Für einen winzigen Augenblick stelle ich mir vor, dass es Paul ist, dem es besser geht und der nun fest entschlossen nach mir sucht und mich retten will. Aber er kommt nicht. *Träum weiter, Jane, diesmal bist du vollkommen auf dich allein gestellt. Konzentrier dich darauf, Solis, konzentrier dich.*

Allmählich nähere ich mich einem Wald, der am Horizont sichtbar wird. Ich bin den größten Teil des Tages durch knie- und hüfthohen Schnee gestapft. Meine Beine sind gefühllos und erfroren. Ich blicke mich um, und dann packt mich das nackte Grauen.

Es war nicht Paul, der mir gefolgt ist, sondern ein einsamer Wolf, der sich in Zickzacklinien vorwärtsbewegt. Ich beobachte, wie er durch den Schnee hin- und herläuft, und zuerst denke ich, dass er vielleicht auf der Jagd nach Kaninchen oder Präriehunden ist. Doch sogleich wird mir bewusst, dass sein Blick auf mir ruht. Langsam pirscht er sich an mich heran, wartet darauf, dass ich ins Schwanken gerate. Dann wird er sich auf mich stürzen und mir das Fleisch von den Knochen reißen.

Mit jedem Schritt sehe ich den Wolf näher kommen. Je dichter der Wald heranrückt, umso dichter schließt der Wolf auf. Weiß er, dass ich jenseits des flachen Graslandes womöglich in Sicherheit bin? Adrenalin schießt mir durch die Adern, und ich arbeite mich schneller, als ich es für möglich gehalten hätte, durch die letzten zwanzig Meter Schnee und Gras.

Immer wieder spähe ich zurück. Als sich mein Tempo beschleunigt, wird auch der Wolf schneller. Er fällt in Trab und scheint mir nun auf direkterem Weg zu folgen als zuvor. Als ich ihn fest ansehe, hält er inne. Ich spüre, dass auch in ihm Furcht lauert. Der Gedanke macht mir Mut. *Der große, böse Wolf hat Angst vor mir!* Nun, vielleicht keine Angst, aber er ist vorsichtig, bevor er zum Angriff übergeht.

Ich erreiche den Wald, drehe mich schnell um und mustere den Wolf abschätzend. Er ist knochendürr. Er bleibt abrupt stehen, und zum ersten Mal wendet er nicht den Kopf ab. Ich will wegrennen, aber mein Bauchgefühl befiehlt mir, auszuharren, und sei es auch nur für einen Augenblick. Seine Augen sind gelb und sein Fell größtenteils schwarz, mit einigen grauen Flecken. Er stützt sich schwerfällig auf die linke Pfote und hebt die rechte. *Ist er verletzt?* Ich kann es nicht sagen. Ich habe noch keine anderen Wölfe gesehen. *Hat er sein Rudel verlassen, oder ist er zurückgelassen worden?*

Da er wahrscheinlich verletzt ist, ist er wohl auch nicht allzu schnell, vermute ich, und dann kann er noch schlechter klettern. Wölfe sind sowieso schlechte Kletterer. Ich finde etwa fünfzehn Meter tief im Wald eine große Kiefer und beginne sie hinaufzusteigen. Ich halte für einen Moment inne, um zurückzuschauen, aber ich sehe nichts. *Wenn er mich direkt hätte angreifen wollen, wäre es sicher bereits passiert, oder? Klettere einfach, Jane. Klettere.*

Der Stamm ist dicht mit Ästen bewachsen, und es kostet mich jedes Mal einige Zeit, um von einem eisverkrusteten Ast zum nächsten zu steigen, aber ich komme stetig voran. Ich glaube, ein leises Knurren unter mir auszumachen, doch ich schaue nicht runter. Dann kratzt da etwas am Baumstamm, aber ich rede mir wieder ein, dass seine Verletzung den Wolf am Klettern hindern wird. Und selbst wenn er klettern könnte, würde ich mich lieber von oben, in einem Baum, gegen ihn zur Wehr setzen als auf offenem Feld, wo er gewiss den Sieg davontragen würde.

Ich rutsche und gleite etwa sechs, sieben Meter nach oben, finde eine Art natürlichen Hochsitz und höre auf weiterzuklettern. Ich ziehe meine beiden Kletterstöcke heraus, sitze da und warte auf den Kampf. Und wenn ich hier oben sterbe, so werde ich zumindest kämpfend untergehen. Brodelt da nicht ein wenig Mordlust in meinen Adern? Mittlerweile freue ich mich beinahe auf einen Kampf. Ich spüre, wie mir der ungehemmte Wahnsinn durch die Glieder strömt, doch er ist völlig anders als der Wahnsinn, den ich aus der Klinik kenne. Er hat ein Ziel, und ich kann ihn kontrollieren.

Ich warte und horche, höre allerdings nichts außer den üblichen nächtlichen Geräuschen des Waldes. Der Wind pfeift leise, in der Ferne bricht ein Ast und fällt, und ich lausche auf das Rascheln der Bäume. Angst kriecht mir den Rücken hinauf, als ich mir vorstelle, dass der Wolf die Äste emporklettert, sich langsam und methodisch heranschleicht.

Würde ich ihn hören? Kann ich ihn in dieser Dunkelheit ausmachen? Ich verbanne solche Gedanken aus meinem Kopf. *Lass die Stimmen nicht wieder das Kommando übernehmen, Jane.* Ich denke an Paul, und ich frage mich, ob er noch lebt. Der Wind weht, und ich stelle mir vor, dass es Paul ist, der mir aus der Ferne eine Umarmung herüberschickt.

Was soll ich jetzt bloß machen? Ich kann unmöglich wieder hinuntersteigen.

Ich rolle meinen Schlafsack aus und hocke mich auf mehrere eng beieinanderstehende große Äste, in die ich meine Füße und Beine verhake, um mir einen festen Halt zu verschaffen. Ich kuschle mich in den Schlafsack, ziehe den Reißverschluss hoch und schnüre oben alles fest zu, dann drücke ich mich mit dem Rücken so dicht wie möglich an den Baumstamm.

Als ich da oben im Baum sitze, mache ich mir Gedanken über die Kälte. Ich friere jetzt so stark, dass es alle Vorstellungskraft übersteigt. Ich weiß, dass die Temperaturen verglichen mit dem, was wir zuvor durchgemacht haben, relativ mild sind, und deshalb beunruhigt mich das Kältegefühl in meinen Knochen. Ich friere, weil meinem Körper die Energie ausgeht und er durch die Anstrengungen der letzten Tage und durch das ständige Ausgesetztsein an Wind und Wetter völlig ausgebrannt ist. Ich mag stärker sein, als ich gedacht hätte, aber ich werde nun auch immer mehr geschwächt. Ich kann nur hoffen, dass mich bald jemand findet.

33

Ich bin die ganze Nacht über wach. Adrenalin überschwemmt meinen Körper, für alle Systeme gilt die höchste Sicherheitsstufe, und meine Sinnesfunktionen sind in volle Alarmbereitschaft versetzt. Ich registriere jedes Astknacken über Hunderte von Metern hinweg, und ständig zucke ich zusammen, bis die Sonne aufgeht.

Von meinem Platz im Baum aus sehe ich, wie sich die Morgendämmerung am Himmel auszubreiten beginnt. Es ist ein klarer Tag, und ich glaube, er wird mild werden. *Jetzt ist es so weit,* gelobe ich mir. *Heute ist mein Tag. Heute ist der Tag, an dem ich meinen Weg hier herausfinde. Heute ist der Tag, an dem ich Hilfe für Paul hole.*

Ich klettere langsam hinab und halte meine Stöcke bereit. Als ich den Boden erreiche, schaue ich mich aufmerksam um und erblicke frische Pfotenabdrücke rund um den Baum herum, aber von dem Wolf selbst ist weit und breit nichts zu sehen. Ich mache mich Richtung Westen auf, versuche mir, meine bisherige Route ins Gedächtnis zu rufen.

Ich komme nur langsam voran. Der Wald ist dicht, hügelig und voller kleiner und großer Felsen. Ich bin müde und nach der letzten Nacht mit den Nerven am Ende, daher stolpere und falle ich öfter als sonst. Bei jedem Ausgleiten gerate ich in Panik und erwarte, dass sich der Wolf auf mich stürzt. Meine Beine sind zunehmend geschwächt von der Überanstrengung und dem Mangel an Nahrung, und meine Knie geben mehrmals unter mir nach. Mein Körper, der sich härter ins Zeug gelegt hat, als ich es ihm je zuvor abverlangt habe, fordert vor allem Wasser. Es ist das erste Mal, dass ich Angst habe zu verdursten, aber wenn ich den Schnee esse, werde ich an Unterkühlung sterben. Obwohl der Morgen einen milden Tag versprochen hat, verschwindet die Sonne nun hinter einer Wolkenwand. Ich kann über meinen Optimismus von vorhin nur den Kopf schütteln. Doch ich stürze mich deshalb nicht in Selbstmitleid oder flippe aus, wie ich vielleicht noch letzte Woche reagiert hätte. Es ist besser, als überhaupt keine Sonne zu haben. Ich bejubele ihre Wärme, noch während Enttäuschung in mir aufsteigt. Ich muss nur durchhalten, bis die Wolken wieder weiterziehen. Ich setze meinen Weg fort, immer einen Fuß vor den anderen.

Meine Hände leiden allmählich an Erfrierungen. Sie waren seit Tagen kalt, doch an diesem Morgen bemerke ich, dass sich die Finger meiner linken Hand ganz taub anfühlen. Ich begutachte meine Fingerspitzen, und sie wirken dunkler als sonst. Ich weiß nicht, ob es nicht vielleicht nur eine hysterische Einbildung ist. Ich bin mir zwar ziemlich sicher, dass meine Beobachtung zutrifft, aber nicht, ob es auch bedeutet, dass ich meine Finger verlieren werde.

Plötzlich muss ich daran denken, wie ich mit dem Messer in meiner Hand dastand, und daran, dass ich vor nicht allzu langer Zeit glaubte, es würde mir irgendeine Art von Glücksgefühl verschaffen, mich selbst zu schneiden. Jetzt stößt mich schon der Gedanke ab, auch nur einen Tropfen meines Blutes zu vergießen. Ich reibe kurz die Finger gegeneinander und bete, dass ich sie am Ende doch behalten kann.

Gegen Mittag halte ich an. Ich habe stundenlang gekämpft, und ich habe nicht den Eindruck, viel weitergekommen zu sein. Ich finde einen großen Stock und hebe ihn auf. Er ist etwa fünfzehn Zentimeter länger als ich, liegt gut in der Hand und wirkt stabil. Ich marschiere mit ihm weiter, und er gibt mir das Gleichgewicht und den Halt, den ich so dringend brauche. Ich wünschte nur, mir wäre dieser Einfall früher gekommen.

Als ich das Geräusch des Flusses zum ersten Mal höre, ist es ein dumpfes Rauschen. Zuerst ist es nur leise, wie das einschläfernde Murmeln eines Fernsehers in einem weit entfernten Raum. Aber es wird mit jedem Schritt lauter, und schließlich schalten die richtigen Synapsen in meinem Gehirn und beginnen zu feuern. Und ich begreife ihr Signal. Fluss. Wasser. Ich beschleunige meinen Schritt und finde mich bald über einer Schlucht wieder und blicke hinab auf einen üppig fließenden, breiten, nicht vereisten Fluss.

Ich schaue nach Norden und nach Süden, den Fluss hinauf und hinunter, finde jedoch keinen Weg, der hinabführt. Ich könnte versuchen, dem Flusslauf zu folgen, aber ich bin mir nicht sicher, ob meine Beine mich noch tragen können. Wenn ich Wasser hätte, ja, dann könnte ich weitergehen. Doch durch den ständigen Mangel an Nahrung und Flüssigkeit bin ich völlig entkräftet. Das Wasser ist so nah. Ich schaue hinunter. Es geht etwa fünf Meter einen steil abfallenden Hang hinab, der mich direkt ans Ufer bringen würde. Ich versuche abzuschätzen, wie groß der Schaden wohl sein wird, den ich mir durch den Sturz zuziehen würde, wobei ich die Schneedecke und die Hangneigung mit einkalkuliere. Am Ende ist die Rechnung weit weniger schwer als die Aufgaben in den Algebraprüfungen, bei denen ich immer durchgefallen bin. Wenn ich versuche, am Rand der Schlucht entlang weiterzugehen, werde ich definitiv sterben. Wenn ich hinabspringe, werde ich wahrscheinlich sterben. Ich wäge meine Möglichkeiten ab und entscheide mich für »wahrscheinlich sterben«.

Ich gehe einige Meter in jede Richtung und suche nach dem idealen Platz, um zu springen. Ich weiß aus dem Sportunterricht, dass ich beim Landen die Knie beugen und dann nach vorn abrollen soll. Ich werfe meinen Stock hinunter, er landet auf dem Boden der Schlucht und rollt auf das Flussufer zu, ohne zu zerbrechen. Er hüpft auf und überschlägt sich ein wenig, aber er übersteht den Aufprall unversehrt. Ich könnte mit ihm noch etliche Kilometer weitergehen.

Ich werde bis drei zählen und dann springen. *Gott, bitte, hilf mir,* bete ich. Eins. *Paul, bleib bei mir.* Zwei. *Paul, ich komme zurück zu dir.* Drei. *Spring, Jane, spring.* Ich mache einen Satz, und für eine lange grausige Sekunde schwebe ich in der Luft, bis die Schwerkraft über meinen Körper siegt. Der Abwärtssog lässt mich in die Tiefe sausen, und ich falle, bis meine Füße – *peng!* – hart auf dem Untergrund aufprallen. Obwohl meine Beine angezogen sind und meine Oberschenkel und Waden den Sturz ein wenig abfangen, wird mein Körper dennoch wie von einem Blitzschlag erschüttert. Ich stürze kopfüber durch die Luft, klatsche mit dem Gesicht in den Schnee, überschlage mich, lande für einen kurzen Moment auf den Füßen, um dann sofort wieder umzufallen, als meine Knöchel nachgeben und ich wegkippe. Ich rolle und schlage Purzelbäume, bis ich am Flussufer lande.

Endlich höre ich auf zu rollen und liege keuchend auf dem Rücken, voller Angst, mich zu bewegen. Ich öffne die Augen und betrachte die düsteren, grauen Wolken, die tief am Himmel hängen.

Ich lebe, sage ich leise zu niemand Bestimmten. Oder vielleicht denke ich es auch nur, ich bin mir nicht sicher. Meine Hände und Handgelenke sind erstaunlicherweise unverletzt, aber mein linker Knöchel schwillt sofort an, und der Schmerz ist gewaltig. Ich kann den Fuß ein wenig bewegen, also ist mein Knöchel immerhin nicht gebrochen. Mit meinen gefrorenen Fingern versuche ich, den Stiefel so stramm wie irgend möglich zu schnüren. Das laute Tosen des Flusses dringt in meine Ohren, und plötzlich vertreibt das ausgedörrte Gefühl in meinem Mund mit aller Macht jeden anderen Gedanken. Ich rapple mich auf alle viere hoch und krieche die restlichen Meter zum Fluss. Das Wasser strömt ziemlich schnell, und ich achte darauf, mich nicht zu weit vorzubeugen, um nicht mitgerissen zu werden. Eine Schlagzeile, die ich mir lieber nicht vorstellen möchte: MÄDCHEN RETTET SICH AUS DEN BERGEN, NUR UM IN FLUSS ZU ERTRINKEN.

Ich erreiche den Uferrand und trinke in großen Schlucken. Essen. Trinken. Schokoriegel. Kaninchen. Was auch immer: Nichts hat jemals so ungeheuer erfrischend geschmeckt wie das Flusswasser. Das trübe, eisige Wasser strömt mit solcher Wucht in meinen Mund, dass ich mich fast verschlucke. Ich versuche, so trocken wie möglich zu bleiben, aber Wasser fließt an meinem Hals hinunter und läuft in meine Jacke und auf meine Brust und meinen Bauch. Ich beherrsche mich für ein paar Sekunden, dann trinke ich hastig weiter. Ich wiederhole das Ganze mehrmals, bis mein Bauch anschwillt. Dann rolle ich mich einfach auf den Rücken und verliere das Bewusstsein.

Als ich aufwache, habe ich immer noch Durst, den ich mit einigen weiteren Zügen aus dem Fluss stillen kann. Doch mein Magen krampft sich zusammen. Ich spüre die ganze Anstrengung des Tages in den Knochen, und die Hölle des immer noch vor mir liegenden Marsches rückt wieder in mein Blickfeld. Ich muss nur die Kraft für eine einzige Rumpfbeuge aufwenden, um aufzustehen, aber alle Energie und Motivation ist dahin.

Ruh dich aus, und versuche es dann. Ruh dich aus, Jane, und versuche es dann.

Ich schließe die Augen und lasse meine Gedanken schweifen, bis mein Vater erscheint. Er ist jung, wie auf dem Foto auf der Ankleidekommode meiner Mutter. Er hat einen weißen Pullover mit einer dunklen, blau-roten Bordüre um einen kleinen V-Ausschnitt an, denselben Pullover, den er an seinem letzten Weihnachten getragen hat. Er ist braun gebrannt und trägt eine Sonnenbrille, die seine traurigen Augen verbirgt.

»Es geht mir gut«, sagt er.

Ich strecke die Hand aus, um ihn zu berühren. Sein Gesicht ist glatt rasiert, und der Geruch von Old Spice liegt in der Luft. Ich drehe sein Gesicht zur Seite, sodass ich es im Profil betrachten kann, aber was ich wirklich sehen will, ist das Loch in seinem Kopf. Es ist schwarz und von dunklem, weinrotem Blut verkrustet. Ich lege die Fingerspitzen auf das Loch, bohre sie sanft hinein und hole eine silberne Kugel heraus. Blut beginnt über seine Wange zu fließen.

Er dreht sich wieder um und legt mir seine warme Hand aufs Gesicht. *»Danke, Jane. Es geht mir gut. Mach ohne mich weiter. Mir geht es gut.«*

Ich nicke, und ich fange an zu weinen, und seine Hand wischt jede Träne fort.

»Mir geht es auch gut, Daddy.«

Und ich glaube es tatsächlich. Das ist das erste Mal, dass ich mich je so gefühlt habe, Traum hin, Traum her, seit dem Tag, an dem mein Vater sich umgebracht hat. In der Schwärze, die durch mein Inneres wirbelt, beginnt das Geräusch des Schusses widerzuhallen, dann die Schreie meiner Mutter und der Lärm von Sirenen und Walkie-Talkies, Sanitätern und Polizisten. Mein Vater ist in jener Nacht gestorben, aber in mir hat etwas zu wachsen begonnen. Zuerst habe ich es gehegt und gepflegt, doch dann habe ich die Kontrolle darüber verloren, und es ist zu etwas herangewachsen, das ganz aus sich selbst heraus existierte: eine tobende Bestie in mir, die mich beinahe von innen heraus verschlungen hat.

»Leb wohl«, sage ich zu meinem Vater, und ich berühre noch einmal sein Gesicht, und er beugt sich zu mir vor, ganz nah. Ich kann spüren, wie seine Lippen ihren Abdruck hinterlassen. Dann wird sein Gesicht gemein und hässlich, und ich kann seinen Atem auf meiner Nasenspitze fühlen.

Ich öffne die Augen, und für den Bruchteil einer Sekunde blicke ich in die gelben Augen des Wolfes. Dann plötzlich, *zack!* Der eisige Wind fährt mir ins Gesicht, und ich schrecke auf.

Ich bin durchgefroren und atme heftig. Mein Traum steckt mir noch tief in den Knochen.

Ich stehe auf, greife nach meinem Wanderstock und schaue flussaufwärts und flussabwärts. Von dem Wolf keine Spur. *Es war nur ein Traum, Jane. Der Wolf ist nicht realer als dein Vater. Lass sie beide gehen.*

Ich drehe mich um und wende mich, den Wind im Rücken, flussabwärts. Die Wanderung am Flussbett entlang ist der einfachste Marsch seit meinem Aufbruch. Das ist auch gut so, denn mein Körper lässt mich jetzt mehr und mehr im Stich. Alle dreißig, vierzig Meter muss ich mich hinknien und Kraft sammeln. Schließlich spüre ich, belebt durch den Wind, der mich vorwärtstreibt, ein wenig neue Energie in mir aufsteigen. Ich denke an Pauls letzte Kletterpartie zum Gipfel hinauf, und wie er an diesem Tag wieder Lebenskraft geschöpft hat, kurz bevor sich sein Zustand dann rapide verschlechterte.

Ist er noch am Leben? Wie könnte er das sein? Aber er muss einfach noch leben. Gib ihn nicht auf. Meine Gedanken wenden sich den Menschen zu, die mich nie aufgegeben haben: Meiner Mutter, Old Doctor, den Krankenschwestern, einigen der anderen Bewohner von Life House, wie Ben. Ich erinnere mich an einen Tag in der Klinik: Es war einer meiner Tiefpunkte, vielleicht zwei, drei Monate nach meiner Einlieferung. Ich blickte auf den verschneiten Hof hinaus. Ich dachte daran, wie wunderbar Schnee für ein Kind ist. Schlitten fahren, Schneemänner, Schneeballschlachten. Und das muss mich traurig gemacht haben, denn mir rannen Tränen übers Gesicht, und Ben kam zu mir und setzte sich. Er sagte nicht viel, bot mir aber eine Zigarette an. Und obwohl ich nicht rauchte, habe ich ihn in den Hof hinausbegleitet. Als er fertig war, meinte er: »Alles, was ich mir anschaue, hat das Zeug dazu, mich traurig zu machen.«

»Ich liebe den Schnee«, antwortete ich. »Doch er macht mich traurig.«

»Ja. Mich macht er auch traurig«, gab Ben zu.

»Er lässt mich meinen Vater vermissen. Wir haben im Schnee gespielt – ich denke immer noch viel daran.«

Dann tat er etwas, bei dem mir die Kinnlade herunterklappte, aber jetzt begreife ich, dass es vielleicht die großartigste Geste war, die mir in Life House je begegnet ist. Er zog seine Hosen runter und pinkelte seinen Namen in den makellosen, weißen Schnee.

»Jetzt wirst du an mich denken.«

Ich musste lachen. Und selbst jetzt lässt es mich lächeln.

Mein Schritt festigt sich, und ich folge dem Fluss, bis er eine weite Schleife zurück zu dem Gebirgszug beschreibt, den ich Tage zuvor verlassen habe. Es ist so einfach, am Fluss entlangzugehen und gedankenlos seinem Weg zu folgen. Aber ich spüre, wo die Sonne steht, und ich weiß, wohin der Fluss fließt. Ich kann nicht dorthin zurückkehren. Ich bleibe stehen, schaue über den Fluss und wäge meine Möglichkeiten ab. Soweit ich von hier aus sehen kann, ist hinter dem Strauchwerk am Flussufer nichts als offenes Grasland. Soll ich den Fluss überqueren und riskieren, allen Launen des Wetters schutzlos ausgeliefert, mitten in dieser endlosen Weite zu sterben? Oder soll ich einem Fluss zurück in eine Welt folgen, von der ich weiß, dass dort der sichere Tod auf mich wartet?

Mein Blick schweift suchend über die Fläche jenseits des Flusses und bleibt an einer deutlich abgesetzten dunklen Linie am Horizont kleben. Ist das ein Zaun? Eine Straße? Eine Stromleitung? Ein Holzabfuhrweg? Was es auch ist, es muss von Menschenhand gemacht sein. Nichts in der Natur könnte eine so lange, gerade Linie über den Horizont ziehen. Mir kommt der Gedanke, dass mir meine Augen einen Streich spielen könnten.

Das Erste, was sich zwischen der Linie am Horizont und mir befindet, ist ein schmales Stück Fluss. Ich trete an den Uferrand und schaue zu der Stelle hinunter, wo das Wasser seine Fließrichtung ändert. Es sind an der schmalsten Stelle wahrscheinlich etwa sechs oder sieben Meter bis ans andere Ufer, vielleicht auch weniger. Der Fluss ist nicht tief; das weiß ich, weil ich sehen kann, wie sich das Wasser auf den Steinen im Flussbett kräuselt.

Ich sammle all meine trockenen Kleidungsstücke zusammen: eine Hose, eine Bluse und einen Pullover, zwei Paar Wollsocken, meine Jacke sowie die Windjacke, stecke sie in einen Plastikbeutel und binde ihn zu. Dann wickle ich den Beutel in meinen Schlafsack. Ich weiß, dass ich meine Kleider trocken halten muss, wenn die Durchquerung des Flusses nicht mein Tod sein soll.

Ich rutsche das Ufer hinunter und gleite mit beiden Stiefeln ins Wasser. Die hier recht langsam wirkende Strömung ist stärker, als ich erwartet habe, aber das Wasser reicht mir nur bis zu den Schienbeinen. Ich stemme mich mit meinem vollen Gewicht gegen die Strömung und halte mich mit beiden Armen an der Böschung fest, um nicht mitgerissen zu werden. Ich schaue die Uferböschung hinauf und weiß, dass es nicht infrage kommt, wieder hinaufzuklettern. Ich hole tief Luft. *Lass es mich rüberschaffen. Lass es mich rüberschaffen.*

34

Ich stehe für einen Moment reglos da, mache mich mit der Stärke der Strömung vertraut und verinnerliche die Entfernung, die ich zurücklegen muss. *Es sind keine sieben Meter*, sage ich mir. *Das kannst du schaffen.* Ich gehe los, und der Fluss reicht mir zwei oder drei Schritte weit bis an die Knie, dann steigt mir das Wasser bis zu den Oberschenkeln, und seine Kälte wirkt belebend.

Ich ramme meinen Stock so weit wie möglich vor mir in den Boden, werde dabei aber einige Schritte flussabwärts gezogen. Ich mache einen Satz und stütze mich auf den Stock wie ein Stabhochspringer, doch die Strömung reißt mich mit. Ich rudere mit den Beinen, so schnell ich kann, drücke mich fest mit dem Stock ab, und ich kann mich zwei, drei Meter über den Fluss bewegen. *Kämpf nicht dagegen an, Jane. Lass dich von dem Fluss hinüberbringen.* Ich versuche, den Stock wieder zu mir herzuziehen, aber der Sog ist zu stark. Ich sehe ihn davontreiben, mit der Strömung durchs Wasser schießen, und es ist, als verlöre ich meinen besten Freund.

Ich bewege mich schnell und komme voran, die Flussbiegung ist allerdings näher, als ich erwartet habe. Ich kämpfe nicht mehr gegen die Strömung an; sie treibt mich vielmehr direkt auf das gegenüberliegende Ufer zu. Ich habe Mühe, mich über Wasser zu halten, denn die Kälte des Wassers lässt meine Muskeln verkrampfen. Ihre Verspannung macht es fast unmöglich, den Arm aus dem Wasser zu heben. Mein Körper ist schwer und taub. Für einen Moment wird mein Kopf von dem heftigen Sog unter Wasser gedrückt. Ich bekomme den Mund gerade so über Wasser und schnappe nach Luft, versuche, tief einzuatmen. Meine Lungen fühlen sich eiskalt an.

Ich kann meine Beine nicht mehr spüren, und die mit Wasser vollgesaugten Hosen und die schweren Stiefel ziehen wie Bleigewichte an mir. Meine Tretbewegungen werden langsamer und hören dann auf. Ich rudere wild mit den Armen, aber die Kälte hat sie betäubt. Ich blicke auf, und ich kann sehen, dass ich die Hälfte des Weges hinter mir habe, jedoch mitten in der stärksten Strömung feststecke. Wenn der Fluss seine Biegung nach rechts macht, muss ich in der Nähe des jenseitigen Ufers sein, damit ich meine Vorwärtsbewegung stoppen kann und nicht weiter mit der Strömung mitgerissen werde. Doch ich kann ihr nichts mehr entgegensetzen. Meine Beine können nicht mehr kämpfen, und meine Arme werden von diesem wirbelnd tosenden Ungeheuer weggespült, als wären sie Federn.

In dem Moment, als ich die Biegung erreiche, erfasst mich ein Strudel, und meine Füße streifen den felsigen Boden. Ich stoße mich sofort ab, werde über den Schlamm gespült, und die Anstrengung weckt neue Kräfte in meinen Armen, die nun wild ins Wasser schlagen. Mein Körper wird auf das Ufer zugeschwemmt, und ich klatsche an die Ufersteine, wo sich kurz vor der scharfen Biegung des Flusses das strudelnde Wasser an der Uferwand staut.

Ich stemme mich hoch, klammere mich an die Uferkante und hake mich mit meinem rechten Bein auf dem Stein fest, dann rolle ich auf festen Boden. Ich huste und würge Wasser und Galle in den Schnee. Ich schluchze und zittere, und meine Finger und Hände brennen vor Schmerz. Nach einer Weile knie ich mich hoch, um meinen Schlafsack abzuwerfen. Ich habe keine Ahnung, wie viel oder wie wenig Zeit verstrichen ist. Ich schiebe meine erfrorenen Arme in den kalt gefrorenen Schlafsack und packe die Schnürbänder mit den Zähnen. Ich ziehe den Knoten auf, und der Schlafsack rollt sich auf.

Ich schiebe das Knie auf die Schlafsacköffnung, aber ich kann mit meinen abgefrorenen Fingern den gefütterten Rand nicht halten, also beiße ich hinein und ziehe die Schnürung mit den Zähnen auf. Ich fasse in den Schlafsack und greife nach meinen Kleidern. Meine Hände sind dabei ungefähr so nützlich wie Keulen, aber es klappt. Der Schlafsack ist feucht geworden, doch meine Kleider sind trocken.

Meine Bewegungen sind schwerfällig und unbeholfen, trotzdem gelingt es mir, meine trockenen Kleider und meine Jacke anzuziehen. Ich halte meine eisigen Hände unter meinen Kleidern dicht an mein Herz gedrückt. Sie werden unter diesen Bedingungen nie mehr warm werden, aber ich hoffe, die Unterkühlung so lange wie möglich aufhalten zu können. Ich lege den nassen Schlafsack über meinen Körper, wobei ich mir das schützende obere Ende über den Kopf hänge. Von Weitem muss ich aussehen wie ein Scheich oder ein Nomade, der mit einem langen dunkelgrünen Umhang durch den Schnee stapft.

In der Ferne kann ich die dunkle Linie erkennen. Ich blicke zum Himmel auf, und plötzlich kommt die Sonne heraus, zum ersten Mal seit dem Absturz ungetrübt, mit voller Kraft. Sie wärmt mir das Gesicht.

Ich muss dieses freie Areal noch vor Sonnenuntergang überquert haben. Noch eine Nacht unter dem Schnee – in einem nassen Schlafsack, mit durchweichten Hosen – und ich werde den Morgen nicht erleben.

Mein Körper zittert vor Kälte. Vor ein paar Tagen produzierte die körperliche Bewegung noch Wärme, die ich dazu benutzen konnte, Schnee zu schmelzen oder meine Hände zu wärmen oder, mit Paul, nachts unsere Körper warm zu halten. Aber ich bin nicht mehr in der Lage, Wärme zu erzeugen. Vielleicht schaffe ich es noch bis zum Horizont, aber wenn dort niemand ist, um mir zu helfen, werde ich bei Tagesanbruch tot sein.

35

Ich wandere weiter, und langsam geht die Sonne unter. Eine niedrige Decke aus dunklen Wolken liegt drohend über mir. Es schneit – zuerst leicht, doch dann wird es immer heftiger, und der Wind frischt auf. Glücklicherweise bleibt der Wind in meinem Rücken. Ich konzentriere meine Gedanken auf das eine, was ich mit Sicherheit weiß: Hinter den Wolken war die Sonne heute heller als sonst. Wolken kommen und gehen, und genauso Stürme, Regen und Wind, aber die Sonne wird jeden Morgen neu aufgehen.

Ich stelle mir vor, wie sie ihre Laufrichtung ändert und wieder aufgeht, durch die Wolken bricht, mich wärmt und meine Kleider trocknet. Ich stelle mir vor, wie ihr Licht über den Fluss strahlt und ihn funkeln lässt, wie es schimmernd über das Tal und die Berge streicht und sie aufglühen. Ich stelle mir Paul vor, der oben auf dem Berg steht und sich in der Wärme der Sonne badet. Ich lächle bei dem Gedanken, und ich stelle mir vor, die Wärme seines Körpers an meinem zu spüren und uns zusammen in der Sonne stehen zu sehen. Er flüstert wieder und wieder meinen Namen: »Jane, Jane, Jane.«

Eine Träne steigt mir in die Augen, und ich spüre ihre Wärme, wie sie mein Gesicht hinunterrollt, und dann kommt die nächste Träne. Ich weiß nicht, warum ich weine, aber ich spüre, dass sich irgendwo in mir etwas löst, als beginne ein Damm zu brechen. Der lange Weg, den ich gegangen bin, seit das Flugzeug gegen diesen Berg gekracht ist, hat mich zu diesem Augenblick hingeleitet. Old Doctor würde sagen, dass ich schon erheblich länger auf dieser Reise war als nur die vergangenen sechs Tage in dieser Apokalypse aus Eis. Noch vor einer Woche, in einer Sitzung mit ihm oder der ganzen Gruppe, hätte ich laut, oder wahrscheinlich nur leise in mich hinein, darüber gekichert, was für ein Haufen Scheiße das alles doch ist. Aber heute kann ich den langen Bogen sehen, über den ich gewandert bin.

Bevor ich die dicke schwarze Linie am Horizont erreichen kann, komme ich an einen Stacheldrahtzaun. Ich breite den Schlafsack über den Draht und wälze mich einfach hinüber. Mir fehlt jegliche Kraft oder Beweglichkeit, um vorsichtig zu sein, und der scharfe Draht verhakt sich in meinem linken Unterarm und reißt eine lange Wunde von meinem Ellbogen bis zum Daumen. Die Füllung quillt aus meiner Jacke und wird dunkel, als sie sich mit meinem Blut vollsaugt. Ich versuche einen Moment, den Schlafsack aus dem Draht zu lösen, aber er ist vollkommen verheddert. Mit jedem Ziehen reißt er nur weiter auf.

Das war's, denke ich, *kein Schlafsack heut Nacht. Ich muss den Wettlauf mit der Dunkelheit gewinnen.* Ich trotte weiter. Der Schnee sammelt sich in tiefen Verwehungen, und der Boden ist uneben. Jeder Schritt ist unsicher, und in meinem Kopf wirbeln Erinnerungen und Fantasien wild durcheinander und werden schließlich eins. Unvermittelt taucht eine Zukunft vor mir auf, und Paul hält mich neben einem Weihnachtsbaum im Arm. Da hängen Strümpfe und Geschenke, und auf dem Tisch hinter uns stehen Fotos der Toten: mein Vater, Pauls Bruder Will und ein Foto von Old Doctor mit seinem Dad auf dem Fischerboot. Auch Old Doctor selbst ist da und redet mit meiner Mutter, und ich kann sehen, dass sie lächeln. Er nickt nur immer wieder und grinst, während meine Mutter ihm etwas erzählt, was ich nicht hören kann. Dann zwinkert er mir zu und formt mit den Lippen die Worte: »Alles im Lot, Jane.« Ich nicke ihm zu und lege die Hand auf Pauls Rücken.

Ich blicke auf, und da leuchtet ein Licht in der Ferne. Es ist sehr weit entfernt, aber ich kann seine Wärme auf meinem Gesicht spüren, als sei es die Sonne selbst. Ich stolpere und falle und sehe einen Blutfleck auf dem Schnee. *Steh auf, Jane.*

Ich erhebe mich, und ein gewaltiger Windstoß fährt mir in den Rücken, und der Schnee wirbelt vor meinen Augen. Ich konzentriere mich auf das Licht vor mir. *Einen Schritt nach dem anderen,* denke ich. *Geh auf das Licht zu.* Ich schaue auf, und es kann nicht allzu weit entfernt sein, nicht weiter als die Distanz von ein oder zwei Häuserblocks, doch ganz gleich, wie viele Schritte ich mache, es scheint immer noch weit weg.

Ich stolpere wieder, und diesmal falle ich mit dem Gesicht nach unten in den Schnee, und mein Kopf schlägt auf Eis. Der Aufprall ist so hart, dass mir die Ohren klingeln, aber ich werde nicht ohnmächtig. Meine Brust hebt und senkt sich hektisch, im Bemühen, Sauerstoff in meine Lungen zu pumpen. Doch so viel ich auch pumpe, ich komme nicht wieder zu Atem. Ich schaue in dieses Licht hinauf, das größer und wärmer ist denn je, und ich stehe auf, um ihm entgegenzugehen.

Während ich gehe – das Licht leuchtet groß und hell vor der dunklen Linie, die jetzt noch dicker ist und sich deutlicher vom Hintergrund der Landschaft abhebt –, kommt es mir vor, als sei ich nun fast zu Hause. Ich kann nicht glauben, dass ich es wirklich geschafft habe. Mir ist schwindlig vor Erleichterung, und in meinem Körper herrscht ein aufgeregtes Durcheinander. Genau in dem Moment spüre ich, wie mich jemand hochhebt, und als ich den Kopf drehe, schmiege ich mich fest an Paul, der mich trägt. Er flüstert mir ins Ohr und sagt: »Nein.«

Ich bin unfähig zu sprechen, ich bin so glücklich, ihn zu sehen und ihn zu spüren. Er sieht gut aus, wirklich umwerfend gut. Ich fühle, dass das eigentlich nicht sein kann, und doch ist es so wundervoll, und ich bin so dankbar, ihn zu sehen, dass es gar keine Rolle spielt, dass ich nicht verstehe, was geschieht. Ich schaue nur ihn an, statt nach vorn zu blicken – weshalb ich direkt in den Zaun laufe, der mich von dem dunklen Streifen Straße und dem hellen, warmen Licht auf der anderen Seite trennt. Ich falle auf die Knie, und für einen Moment denke ich, Paul sei fort, und habe Angst, nicht aufstehen zu können. Ich kann mich einfach nicht mehr bewegen. Ich liege im Schnee und horche auf meine flachen Atemzüge.

Aber dann ist Paul wieder da. Er bückt sich und packt mich unter beiden Armen. Er flüstert:

»Nicht für dich, Jane.«

Er legt einen Arm um meine Schultern, und ich halte mich an seiner Hüfte fest, während wir zu der Straße hinüberstapfen. Ich höre Stimmen, sie sind sowohl nah als auch weit weg. Ich berühre seine Rippen unter seinem Hemd und spüre die Schwellung. Er bleibt stehen.

»Danke«, sagt er. »Bleib für mich hier.«

Ich nicke, und er geht davon und lässt mich am Straßenrand zurück. Er dreht sich um und geht direkt in das Licht, und dann wird alles schwarz. Ich höre nichts außer dem Geräusch meines eigenen schweren Atems. Die Wolken haben sich verzogen, und ich kann am klaren Nachthimmel die Sterne leuchten sehen. Ich lasse stumm meinen Blick über sie schweifen und sehe, wie ein Stern funkelt und leuchtet und meinen Blick festhält, bis ich ihn verliere oder er sich in der Dunkelheit auflöst, da bin ich mir nicht sicher.

Epilog

Sechs Monate später

Ich bin nie wieder nach Life House zurückgekehrt, nachdem ich vom Berg herabgestiegen bin.

Ich erinnere mich daran, wie ich in einem Krankenhauszimmer aufgewacht bin. Es war, als hätte ich die Life-House-Klinik nie verlassen. Keimfreie Luft und trübes Licht erfüllten mein Zimmer. War das alles wirklich passiert? Der Absturz, Paul, der lange Marsch, der Wolf, das Licht … Ich wusste es nicht. Ich durchforschte mein Gedächtnis, bis mir im wahrsten Sinne des Wortes der Kopf wehtat. Erinnerungen an das Flugzeug und die Tabletten und selbst an die zwanghafte Besessenheit von meinem großen Plan strömten auf mich ein. Hatte ich den Plan vielleicht tatsächlich ausgeführt und die Pillen geschluckt? Konnte dies der Himmel sein? Die Hölle?

Und dann hörte ich ein vertrautes Geräusch. Das Geräusch eines diskreten Räusperns. Ich blickte auf und sah Old Doctor auf einem Stuhl in der Ecke sitzen, wo er auf mich wartete. Fältchen bildeten sich um seine traurigen Augen, als er mich anlächelte.

»Hi«, sagte ich.

»Jane. Ich bin so glücklich, deine Stimme wieder zu hören.«

Ich fing an zu weinen.

»Ich bin auch glücklich«, flüsterte ich.

»Deine Mutter ist auf dem Weg von New Jersey hierher«,

sagte er. Er kam herüber und legte seine Hand auf meine, und alle Fürsorge der Welt ruhte in dieser Hand. Seine Haut war weich und warm.

»Es ist alles im Lot, Jane. Deine Mutter wird bald hier sein.«

Ich blickte auf meine linke Hand hinab und sah, dass sie geschwollen und voller Prellungen war. Meine Handflächen waren rot und wund. Ich untersuchte den Rest meines Körpers und fand ihn unversehrt. Ich wackelte mit den Füßen und Zehen. Alles da.

»Wo bin ich?«, fragte ich.

Er rückte noch etwas näher an mich heran. Er musterte mein Gesicht, und ich glaube, er hatte selbst etwas Mühe, seine Gefühle unter Kontrolle zu bekommen.

»Es ist jetzt vorüber«, sagte er zu mir. »Du bist zurück in der Welt, Jane.«

Ich habe mit vielen Menschen gesprochen, seit ich von diesen Bergen herabgestiegen bin. Mit Ärzten, Rangern, Reportern, Wanderern, Bergsteigern, Überlebenskünstlern, meiner Familie, Freunden meiner Familie. Sie alle wollten wissen, wie ich überlebt habe. Ich wünschte, ich wüsste die Antwort, aber ich weiß sie wirklich nicht. Ich habe mir eine pauschale Antwort zurechtgelegt, in der ich den Vergleich mit einer Waffe herstelle, die mir an den Kopf gehalten wird. Lauf oder stirb. Ich bin gelaufen und habe mich für das Leben entschieden. Diese Vorstellung gefällt allen.

In der Nacht, in der ich gefunden wurde, hat ein Lastwagenfahrer namens William Roberts seinen Laster angehalten und das auf dem Dach seines Trucks montierte Flutlicht angeschaltet. Es war eine kalte Nacht mit starkem Schneefall. Er war fast dreißig Kilometer von der Hauptstraße entfernt, hielt aber an, weil ihm im Vorbeifahren irgendetwas merkwürdig vorgekommen war. Er nahm seine Pistole aus dem Handschuhfach, stieg aus seinem Lastwagen und ging langsam zu meinem fast leblosen Körper hinüber. Er gab an, nicht gewusst zu haben, ob er nicht vielleicht ein leidendes Tier würde erschießen müssen. Gleichzeitig befürchtete er, dass es sich um eine Art ausgefallenen Trick handeln könnte. Er sah sich um und fragte sich, ob sich nicht vielleicht noch irgendwer im Gebüsch versteckt haben könnte.

Dann kniete er sich neben mich und legte mir die Hand auf den Mund. Schwache, warme Atemluft befeuchtete seine Finger. *Wer immer sie ist, sie ist noch am Leben,* dachte er. Und dann hob er mich hoch und trug mich zu seinem Lastwagen. Er legte mich auf den Vordersitz und kurbelte den Beifahrersitz zurück, sodass ich relativ flach darauf liegen konnte. Er wendete seinen Truck und fuhr Richtung Stadt zurück.

Er erzählte der Presse, dass ich während der ganzen Fahrt nicht ein einziges Mal aufgewacht sei. Er fuhr an der nächsten Stadt vorbei, die hundertzwanzig Kilometer von der Stelle entfernt war, wo er mich gefunden hatte, und steuerte direkt das achtzig Kilometer weiter südlich gelegene Krankenhaus an. Wenn er es nicht getan hätte, wäre ich jetzt tot. Aber er hat es getan. Und als sie mich dann im Krankenhaus hatten, haben sie mich mit Medikamenten und warmem Wasser vollgepumpt und langsam meine Körpertemperatur wieder normalisiert.

Mr Roberts wartete so lange, bis feststand, ob ich überleben würde. Er saß im Wartezimmer, bis ein Arzt kam, um zu bestätigen, dass ich außer Lebensgefahr sei. Dann stieg er in seinen Truck und fuhr zurück nach Hause. Einige Tage später spürten Reporter ihn auf und fragten, warum er nicht gewartet habe, um die Belohnung einzufordern. Meine Mutter hatte eine kleine Belohnung für jeden ausgesetzt, der dumm genug war, sich während des Sturms hinauf in die Berge zu begeben, um mich zu finden, aber keiner hatte sie beansprucht. Mr Roberts sagte, er habe nur gemacht, was jeder andere auch getan hätte. Nach dem, was Paul und ich füreinander getan haben, erstaunt es mich nicht mehr, aber es ist trotzdem ermutigend zu wissen, dass es so viele gute Seelen auf der Welt gibt.

Die Kälte hat es den Ärzten erschwert, Pauls genauen Todeszeitpunkt festzustellen. Im Bericht des Leichenbeschauers steht, dass er ein oder zwei Tage, nachdem ich ihn auf dem Berg zurückgelassen habe, gestorben ist. Ich glaube, ich kenne den genauen Zeitpunkt seines Todes, aber das ist ein Geheimnis, das ich für mich zu behalten gedenke.

Einige Monate, nachdem ich das Krankenhaus verlassen hatte, erhielt ich ein kleines Päckchen aus Cambridge, Massachusetts. Es war in braunes Papier gewickelt, und der Absender war in großen Blockbuchstaben notiert: VON WILL HART SENIOR. Ich spürte, wie sich meine Nackenhaare aufstellten. Ich nahm das Päckchen, öffnete es vorsichtig an den Rändern und schob den darin befindlichen Karton aus der Papierverpackung. Ich wollte das Päckchen möglichst unversehrt aufheben – ich wollte alles aufheben, was eine Verbindung zu Paul hatte.

Ich öffnete den Karton. Darin lag Wills Buch, eingewickelt in ein Taschentuch, das mit einem Monogramm versehen war. In dem Buch steckte eine Karte, die absichtlich oben so hineingeschoben worden war, dass der Rand der Karte aus dem Buch ragte und man sie nicht übersehen konnte.

Ich zog sie zögerlich heraus und las.

Liebe Jane,

ich wollte Ihnen schon seit einiger Zeit schreiben. Danke, dass Sie mir seinen kurzen, lieben Brief geschickt haben. Er bedeutet mir unendlich viel. Außerdem hatte ich nun Zeit, den Bericht von Ihren erstaunlichen Erlebnissen zu verarbeiten. Ich kenne meinen Sohn, und alles, was Sie sagen, klingt für mich glaubhaft. Er war immer ein tapferer Junge. Wie Sie vielleicht wissen, hat man ein Buch in seiner Hand gefunden. Ich habe das Buch geöffnet und festgestellt, dass das Einzige, was darin geschrieben stand, an Sie adressiert war. Ich habe es gelesen; ich bin mir sicher, Sie werden mir einen solchen Übergriff verzeihen. Aufgrund des speziellen Charakters des Briefes und da Paul offensichtlich wünschte, dass Sie ihn lesen, schicke ich Ihnen dieses Buch.

Herzliche Grüße,
Will Hart senior

Ich wickelte das Buch vorsichtig aus dem Taschentuch, dann strich ich über das in die untere rechte Ecke des Tuchs gestickte Monogramm *PH*. Ich klappte den Buchdeckel auf und fuhr mit den Fingerspitzen Wills Namen, der in das Leder geritzt war, nach. Und dann blätterte ich die erste Seite um, und da, gleich auf der Seite danach, war ein in Blockbuchstaben gekritzelter Brief, ohne Zweifel geschrieben von einer erfrorenen Hand.

Jane,

mir ist so kalt, und ich bin so müde und hungrig. Ich kann nicht denken. Es tut mir so leid. Du wirst überleben. Alles. Pillen,

Rasierklingen, den Kummer, mich, Deinen Dad, Deine Mum, Ärzte, schlimme Gedanken, diesen blöden, beschissenen Berg. Gib nicht auf. Kämpfe, krieche, kratze, schreie, boxe. Nur halte durch. Egal, was passiert, lass dir die Puste nicht nehmen. Steige von diesem Berg herunter. Lebe für uns. Du bist stark und umwerfend und erstaunlich und eine Million andere Wörter, die mir im Moment nicht einfallen.

Ich liebe Dich
P.

Ich lese Pauls Brief noch einmal, und selbst jetzt, nachdem ich ihn Dutzende Male gelesen habe, bildet sich eine große dicke Träne in meinem Auge. Sie lässt sich einen Moment Zeit, dann rollt sie mir über die Wange und fällt hinab auf das Buch, tropft auf das trockene Papier und besiegelt dort unsere Liebe für alle Ewigkeit.

Ich trete ans Fenster und schaue zu den Sternen hinauf. Es sind Millionen, die dort draußen vor sich hin leuchten. Ich weiß, sie sind keine verlorenen Seelen oder irgendetwas in der Richtung. Physikalisch gesehen sind sie lediglich Sonnen wie unsere eigene: brennende Feuerbälle, die das Universum aufheizen. Trotzdem glaube ich, dass Paul irgendwo da draußen ist.

Wenn Old Doctor mich gebeten hätte zu erklären, wie ich dort oben überlebt habe, hätte ich einfach gesagt: »Mit Liebe und Glück.« Wo ist unsere Liebe jetzt? Auf den Seiten dieses Buches, in den tiefsten Winkeln meiner Seele, auf einem leuchtenden Stern einige Milliarden Meilen entfernt. Und wenn ich sterbe – was hoffentlich noch lange nicht der Fall sein wird –, wird diese Liebe bleiben.

Ich blicke hinaus in die Nacht und zu einem von Dutzenden funkelnder Sterne hinauf. Ich spüre Paul bei mir, wie er meinen Namen sagt, flüstert und lacht. Ich nehme das Buch und presse es an meine Brust. Ich höre die Bäume im Wind tanzen und das Summen der Insekten. Und Paul und ich, wir sind beide hier – getrennt, aber verbunden, mit gebrochenem Herzen, aber dankbar.

Ich öffne mein Fenster für die Nacht und lasse den linken Arm über das Sims hängen. Ein kühler Luftstrom weht vorbei, und meine Fingerspitzen kribbeln, als die nächtliche Brise über sie hinweg und durch sie hindurchströmt. Ich lächle und weiß, welches Glück ich habe, am Leben zu sein.

Rosie Blake

Liebesleben verzweifelt gesucht

Roman

Drei Monate bis zur großen Liebe

Nicola Brown überlässt nichts dem Zufall: Ob Mittagessen oder Freizeit – alles ist nach festen Plänen organisiert, nichts und vor allem niemand bringt in ihrem Leben irgendetwas durcheinander. Das beruhigt Nicola, gibt ihr Sicherheit – macht sie aber auch ziemlich einsam. Ihre Kollegin kann das nicht mehr mitansehen und nimmt ihr ein Versprechen ab: Bis zum Valentinstag muss Nicola alles in ihrer Macht Stehende tun, um ihren Traummann zu finden. Aber ist Nicola für die größte Unberechenbarkeit der Welt namens Liebe wirklich schon bereit?

»Dieser Roman ist etwas ganz Besonderes!« *Fabulous Book Friend*

320 Seiten, kartoniert mit Klappe
€ 9,99 [D]
ISBN 978-3-8025-9653-7